Xiron Poetry Club
磨铁读诗会

鹰的语言

哥伦比亚当代诗歌选集

[哥伦比亚] 恩里克·波萨达·卡诺
克里斯蒂娜·玛雅 编选

龚若晴 译

Edición: Enrique Posada Cano y Cristina Maya
Traducción: Ruoqing Gong

El Canto del Cóndor

Antología de Poesía Colombiana Contemporánea

四川文艺出版社

前言

亚太线上观察站和豪尔赫·塔德奥·洛萨诺大学孔子学院是由作家、汉学家恩里克·波萨达·卡诺创立并管理多年的文化机构,二者都长期开展丰富的文化活动,极大促进了哥伦比亚与中国友好关系的发展。

2019年麦德林诗歌节期间,在塔德奥大学孔子学院的合作举办下,中国诗人沈浩波和里所的诗歌朗诵会在耶拉斯之家举行。哥伦比亚与中国诗人的诗选翻译出版计划正是在这场朗诵会中诞生的。恩里克·波萨达·卡诺提议,分别编选40位当代哥伦比亚诗人与40位当代中国诗人的作品在两地翻译出版,作为哥伦比亚与中国建交40周年的纪念。

我们衷心感谢诗人沈浩波和里所精心编选了中国诗人的作品,也感谢沈浩波先生及磨铁图书公司为哥伦比亚诗选的编译出版所提供的帮助。本书的中译本由译者龚若晴翻译,她本科毕业于北京大学西班牙语语言文学专业,现在是北京大学比较文学与世界文学硕士。这本哥伦比亚诗选由如此专业的团队操刀,我们相信它一定会在中国受到好评,甚至赢得中文世界写作者的肯定。这些诗歌将以其丰富性和多样性向读者展示哥伦比亚诗歌的特色。各种主题在抽象和具体间跃动,并在鲜明的隐喻暗示中为时间、死亡、爱、存在之短暂、孤独、语言、神话等内容的讨论赋予了意义。

这本诗集的重要性还在于它收录了如此之多哥伦比亚诗人的作品。本书由恩里克·波萨达·卡诺和我精心编选。此外，伊萨亚斯·佩尼亚教授也在诗人的选择上为我们提供了不少建议。遗憾的是，在编译过程中，有四位原定要被收录进本书的诗人相继离开了我们：阿尔瓦罗·米兰达、何塞·马努埃尔·克雷斯波、路易莎·费尔南达·特鲁希略和费尔南多·索卡拉斯。我们也想通过这本诗集向他们致敬。

我们高兴地获知本书将在塞万提斯学院的支持下，在北京和上海进行引介发布。也感谢哥伦比亚驻华大使馆的积极参与和帮助。

最后，感谢作家恩里克·波萨达·卡诺邀请我参与这项意义非凡的跨国工作。

克里斯蒂娜·玛雅
2020 年于波哥大

PALABRAS INICIALES

El Observatorio Virtual Asia Pacífico y el Instituto Confucio de la Universidad Jorge Tadeo Lozano, fundados y dirigidos durante años por el escritor y sinólogo Enrique Posada, han desarrollado por largo tiempo en Colombia numerosas actividades culturales, acrecentando así las relaciones Colombo chinas.

Fue en el 2019, a propósito del Festival de Poesía de Medellín, cuando, por convenio del Instituto Confucio de la Universidad Tadeo Lozano con ese Festival se presentó en la Casa Lleras un recital de los poetas chinos Shen Haobo y Li Suo. Al margen del mismo, surgió la idea de darle vida a un par de antologías de poetas colombianos traducidos al chino y de poetas chinos traducidos al español. Enrique Posada propuso que fueran 40 los poetas escogidos tanto en la versión española como en la china, un número simbólico de homenaje a los 40 años del establecimiento de relaciones diplomáticas entre Colombia y China.

Debemos reconocer aquí el aporte ofrecido por los dos destacados poetas chinos arriba mencionados como curadores de la antología china, así como el auspicio de Shen Haobo y de su Grupo Editorial

Motie en los aspectos de traducción y edición de la antología de poetas colombianos cuya versión en chino se debe a la traductora Gong Ruoqing, master en literaturas comparadas y literatura mundial de la Universidad de Beijing y licenciada en filología hispánica de la misma universidad. La presente versión de poetas colombianos al chino cuenta con una nómina de lujo que, estamos seguros, hará quedar en alto en China la producción poética de los autores vivos aquí incluidos. La riqueza y variedad de estos poemas son una afortunada muestra del trabajo literario en Colombia. Los temas oscilan entre lo concreto y lo abstracto con una clara intencionalidad metafórica y es allí donde cobran sentido lo vital, la reflexión sobre el tiempo, la muerte, el amor, la fugacidad de la existencia, la soledad, la meditación sobre la palabra, lo mítico y mucho más.

Esta antología posee la originalidad de ser la primera en incluir un gran número de autores colombianos traducidos al chino. La ardua labor de escogencia de los poetas ha corrido por cuenta de Enrique Posada y Cristina Maya, además de la gentil colaboración del profesor Isaías Peña, quien nos sugirió algunos nombres. Infortunadamente durante el tiempo de su ejecución, nos dejaron cuatro poetas seleccionados: Alvaro Miranda, José Manuel Crespo, Luisa Fernanda Trujillo y Hernando Socarrás. El presente libro es también un homenaje a ellos.

Produce gran entusiasmo, por lo demás, saber que esta obra será presentada en Beijing y en Shangai con la participación del Instituto Cervantes. A esto se añade la participación efectiva y entusiasta de la embajada de Colombia en China.

Solo me resta agradecer al escritor Enrique Posada por invitarme a formar parte de este importante trabajo a nivel internacional.

Cristina Maya
Bogotá, 2020

目录
índice

001 **玛鲁哈·比埃拉斯**
　　Maruja Vieira
003 　流亡
　　　Exilio
005 　侵袭
　　　Agresiones
007 　寂静之花
　　　La flor del silencio

009 **多拉·卡斯特利亚诺**
　　Dora Castellanos
011 　泊在我的感知里
　　　Anclado en la mitad de mis sentidos
013 　竖立的花
　　　Erguida flor
015 　娜芙蒂蒂
　　　Nefertiti

017 **阿格达·皮萨罗·奥尼休**
　　 Águeda Pizarro Oniciu
019 永不
　　 Nunca
023 色粉画
　　 Sanguina
027 五
　　 V

031 **埃尔金·雷斯特雷波**
　　 Elkin Restrepo
032 天赐
　　 El don
036 程度
　　 Rango
040 共同之地
　　 Lugar común

044 **海梅·加西亚·马弗拉**
　　 Jaime García Mafla
046 三支水手之歌
　　 Tres lais marinas

052 **劳尔·埃纳奥**
　　 Raúl Henao
053 尼采归来
　　 Retorno de Nietszche

055 读"晦涩者"赫拉克利特
Leyendo a Heráclito "El Oscuro"
057 寂静
El silencio

059 哈罗德·阿尔瓦拉多·特诺里奥
Harold Alvarado Tenorio
061 佛和我的猫
Buda y mis gatos
065 探戈
Tango
069 小雪之墓
La tumba de Xiao Xue

073 奥古斯多·皮尼利亚
Augusto Pinilla
074 哲学诗
Poema filosófico
076 洪水
El diluvio
078 祈祷
Plegaria

080 胡安·雷韦罗·雷韦罗
Juan Revelo Revelo
082 诗
El poema

084	新时代
	Nueva edad
087	开头与结尾
	Principio y fin

091 何塞·路易斯·迪亚斯－格拉纳多斯
José Luis Díaz-Granados

092	黎明
	Alba
096	不得快乐
	Contralegría
100	在面朝大海的酒吧
	En un bar frente a la mar océana

104 阿赫米罗·门科
Argemiro Menco

105	力量的情色与魔法
	Erótica y magia del poder
109	太阳
	Sol

111 玛丽拉·苏卢阿加
Mariela Zuluaga

112	可播种的永恒
	Ese eterno sembradío
114	文本性
	Textualidad

118	诗 52
	Poema 52
120	诗 61
	Poema 61
122	大火
	Incendio

124 玛丽亚·克拉拉·奥斯皮纳·埃尔南德斯
María Clara Ospina Hernández

125 死亡与其他危险朋友
De la muerte y otros amigos peligrosos

128 过时
Pasada de moda

132 木偶
Marioneta

134 克里斯蒂娜·玛雅
Cristina Maya

136 印记
Huella

138 忧伤
Desolación

140 长河之爱
El amor como un río

144 **胡里奥·塞萨尔·阿西涅加·莫斯科索**
　　 Julio César Arciniegas Moscoso
145 沙之声
　　 Voces de arena

149 **皮埃达·波耐特**
　　 Piedad Bonnett
151 此世王国
　　 Del reino de este mundo
153 疤
　　 Las cicatrices
155 在边界
　　 En el borde

157 **玛丽亚·克拉拉·冈萨雷斯·德乌尔维纳**
　　 María Clara González De Urbina
158 唯有隐秘的玫瑰支撑
　　 Sólo la recóndita rosa la sostiene

166 **欧亨尼娅·桑切斯·涅托**
　　 Eugenia Sánchez Nieto
167 绯红
　　 Escarlata
169 虚空的模样
　　 Las formas del vacío
171 雾与梦
　　 Niebla y sueño

173 **索尼娅·纳德丝达·特鲁古**
　　Sonia Nadezhda Truque

174 第一人称的弗里达·卡洛
　　Frida Khalo en primera persona

176 奥黛特的思索
　　Las reflexiones de Odette

178 塞隆尼斯·蒙克
　　Thelonius Monk

180 **埃尔南多·格拉·托瓦尔**
　　Hernando Guerra Tovar

182 我家的院子
　　El patio de mi casa

184 鸟的独白
　　Monólogo del pájaro

186 秘密
　　Secreto

188 意愿
　　Albedrío

192 **梅里·约兰达·桑切斯**
　　Mery Yolanda Sánchez

194 拉撒路的两日
　　Dos días para Lázaro

198 舞
　　El baile

200 易于实行
De fácil aplicación

202 纳纳·罗德里格斯·罗梅罗
Nana Rodríguez Romero

204 水井
El aljibe

207 猫
Gato

209 沙
Arenas

211 奥列塔·洛萨诺
Orietta Lozano

212 雨的祈祷
Plegaria de la lluvia

216 夜的居所
El solar de la noche

218 蓝得发紫
Azul casi púrpura

222 维克多·洛佩斯·拉切
Víctor López Rache

223 阿莉西亚
Alicia

225 冒险线
La linea de la aventura

229 **卢斯·埃莱娜·科尔德罗·比利亚米萨尔**
Luz Helena Cordero Villamizar

230 成为石头
Ser piedra

234 一只猫跟着另一只
Un gato sigue a otro

238 他们从虚无中出现
Ellos surgen de la nada

240 **古斯塔沃·塔提斯**
Gustavo Tatis

241 巫术
Ensalmo

243 翅膀的故事
Historia de unas alas

245 航海者的炼金术
Alquimia del navegante

249 **拉蒙·科特·巴拉伊巴尔**
Ramón Cote Baraibar

251 黄桥之城
La ciudad de los puentes amarillos

253 少了一样奇迹
Un milagro menos

255 夜晚的云
Nubes en la noche

257　伊拉马·卡斯塔尼奥·古伊萨
　　Yirama Castaño Güiza
258　覆雪的公园
　　Parque nevado
262　在夜晚的嘴唇上
　　En los labios de la noche
264　跋涉
　　Andanzas

266　**费尔南多·丹尼斯**
　　Fernando Denis
268　苏族诗人
　　Un poeta sioux
270　迷宫
　　Laberinto
272　卡蜜尔·克洛岱尔致罗丹的信
　　Una Carta de Camille Claudel a Rodin

276　**胡安·费利佩·罗夫莱多**
　　Juan Felipe Robledo
277　我们亏欠黎明
　　Nos debemos al alba
281　为了不忘记橡胶树的诗
　　Un poema para no olvidar al árbol de caucho
285　使用灵魂一词的地方
　　Donde se usa la palabra alma

291 **温斯顿·莫拉莱斯·查瓦罗**
　　 Winston Morales Chavarro
292 阿尼基萝娜
　　 Aniquirona

305 **莉莉亚娜·莫雷诺·穆尼奥斯**
　　 Liliana Moreno Muñoz
307 同一与另一乐，同一与另一药
　　 La misma y otra música, la misma y otra pócima
311 紧急情况，我跳入等候室
　　 Salto a la sala de espera, en urgencias
313 从深渊到池塘
　　 Del abismo al estanque

315 **加夫列拉·A. 阿西涅加斯**
　　 Gabriela·A. Arciniegas
317 鸟
　　 El pájaro
319 疲倦
　　 Cansancio
323 爱
　　 Amor

325 **卡罗琳娜·布斯托斯·贝尔特兰**
　　 Carolina Bustos Beltrán
326 昆虫
　　 Insecta

328 预感
La premonición

332 他认为自己很好
Él que se creía ser bueno

334 弗雷迪·耶塞德
Fredy Yezzed

336 牧牛地的信
Carta donde pasta una vaca

339 给杀死我儿子者的信
Carta al hombre que asesinó a mi hijo

345 这个国家的女人的信
Carta de las mujeres de este país

351 露西亚·埃斯特拉达
Lucía Estrada

353 阿里阿德涅的迷宫 I
Del laberinto de Ariadna I

355 阿里阿德涅的迷宫 II
Del laberinto de Ariadna II

358 阿里阿德涅的迷宫 III
Del laberinto de Ariadna III

360 萨洛蒙·费尔赫斯特·蒙特内格罗
Salomón Verhelst Montenegro

362 一
I

364	幻觉的赞美诗
	Himno a la ilusión
370	三
	III

372	**比维安娜·贝尔纳尔**
	Bibiana Bernal
373	冬
	Invernal
375	石鸟
	Pájaro de piedra
377	沉默
	Silencio

379	**玛丽亚·戈麦斯·拉腊**
	María Gómez Lara
380	艾米莉·狄金森
	Emily Dickinson
386	记住你如火的样子
	Recuerdas cómo eras cuando te parecías al fuego
390	词语皮肤
	Palabras piel

394	**圣地亚哥·埃拉索**
	Santiago Erazo
395	每个人都该为失明的日子演练
	Todos deberíamos ensayar para el día en que seamos ciegos

399 c
c
403 十三
XIII

玛鲁哈·比埃拉斯
Maruja Vieira

1922年出生于哥伦比亚马尼萨莱斯市。诗人、作家、记者、教授、公关专家、哥伦比亚语言学院和西班牙皇家语言学院成员。"玛鲁哈"是诗人聂鲁达为她取的笔名。她积极捍卫女性权利，也是同代人中为数不多在文学与事业上都取得了重要成就的女性之一：她是波哥大咖啡馆文学集会中鲜有的女性参与者，也是许多文学潮流及哥伦比亚和委内瑞拉新闻业的先锋；她是哥伦比亚最早担任行政职务的女性之一，是委内瑞拉电视台首位哥伦比亚主持人。除此以外，她还是文化和教育活动家，为许多年轻诗人，尤其是女性诗人提供了写作空间。已出版作品集包括《雨的钟楼》《一月的诗》《诗歌》《缺席的词语》《最小密码》《我自己的话》《生活的时间》《爱的影子》《我的所有》《缺席的名字》《完整的爱》《缓慢流动的城市：波帕扬》等。

Nació en Manizales, Colombia, en 1922. Es poeta, ensayista, periodista, catedrática y relacionista pública. Es miembro de Número de la Academia Colombiana de la Lengua y correspondiente de la Real Academia Española. Maruja Vieira (bautizada así por Pablo Neruda) fue una de las pocas mujeres que logró abrirse paso en el mundo literario y profesional de su tiempo. Formó parte de movimientos literarios y de círculos periodísticos colombianos y venezolanos. Fue una de las pocas contertulias femeninas de cafés como El Automático de Bogotá. Se destacó como defensora de los derechos de las mujeres y como una de las primeras en ocupar cargos ejecutivos en su país. Fue la primera presentadora colombiana que tuvo la televisión venezolana. Gestora cultural y docente, ha propiciado espacios de formación de jóvenes poetas; en particular, de mujeres. Son sus libros: *Campanario de lluvia, Los poemas de enero, Poesía, Palabras de la ausencia, Clave Mínima, Mis propias palabras, Tiempo de Vivir, Sombra del amor, Todo lo que era mío, Los nombres de la ausencia, Todo el amor, Ciudad remanso: Popayán.*

流亡

我的故国是你的手
你的目光
你嘴唇柔软的颤动。

我低下的头
不再有你的肩膀。

我一无所有。

二十年流亡,
我的爱,
失去故国的二十年。

Exilio

Mi patria eran tus manos,
tu mirada,
el suave temblor de tus labios.

Ya no tengo tu hombro
para mi cabeza rendida.

No tengo nada.

Veinte años de exilio,
amor mío,
veinte años sin patria.

侵袭

我会在碎石一样
堆叠的岁月中
守护你的脸
和名字

我会从
坠在唇上的
漫长沉默中
守护你的声音
和言语。

我会在这阴影里
守护你的光!

Agresiones

Defenderé tu rostro
y tu nombre
de los años que se amontonan
como piedras rotas.

Defenderé tu voz,
tus palabras,
de estos largos silencios
que pesan
sobre mis labios.

Defenderé tu luz
de esta sombra!

寂静之花

这一刻古怪,渺小。
时间的轮廓
被抹去。

风的灵动音乐
安静下来。

寂静之花
一瓣瓣
凋落。

你的回忆
梦着爱的道路,
轻柔地到来。

La flor del silencio

Hora extraña, leve.
Se borra el contorno
del tiempo.

La música viva
del aire está quieta.

La flor del silencio
deshoja uno a uno
sus pétalos.

Suavemente viene,
soñando caminos de amor,
tu recuerdo.

多拉·卡斯特利亚诺
Dora Castellanos

1924年出生于波哥大。哥伦比亚诗人、作家。她是波哥大语言学院所录取的第一位女性。曾从事新闻行业,担任过十三位经济部长的秘书及哥伦比亚驻委内瑞拉首都加拉加斯的外交官员,是文化交流与发展的积极推动者。已出版作品《哀号》(1948)、《爱的真相》(1952)、《写就》(1962)、《永恒的痕迹》(1968)、《广岛,我的爱》(1971)、《干渴的光》(1972)、《与你一起的2000年》(1977)、《人类十二宫》(1980)、《苋》(早期五本诗集的合集,1982)、《玻利瓦尔》(1984)、《短暂的人》(1990)、《世界是圆的》(1991)、《小邪恶》(1995)、《活双耳瓶》(1997)。曾以《致索尔·胡安娜的四行诗》获奖;1962年以《广岛,我的爱》获玻利瓦尔公共教育部国家奖。其史诗作品《玻利瓦尔》在玻利瓦尔诞辰200周年纪念时被委内瑞拉玻利瓦尔协会嘉奖和展出。此外,她还获得国家教育部"赫拉多·阿莱亚诺"和"西蒙·玻利瓦尔"勋章。

Nació en Bogotá, Colombia, en 1922. Secretaria privada de trece ministros de Economía, diplomática en Caracas y gran promotora de la vida cultural. Fue la primera mujer llamada a la Academia Colombiana de la Lengua. Ha ejercido el periodismo y ostenta una amplia bibliografía que la coloca entre las escritoras colombianas más conocidas nacional e internacionalmente. Libros: *Clamor* (1948), *Verdad de amor* (1952), *Escrito está* (1962), *Eterna huella* (1968), *Hiroshima, amor mío* (1971) —premio del concurso nacional de Educación Pública Departamental de Bolívar en 1962—, *Luz sedienta* (1972), *Año dos mil contigo* (1977), *Zodíaco del hombre* (1980), *Amaranto* (1982) —recopilación de sus cinco primeros libros—, *La Bolivaríada* (1984), *Efímeros mortales* (1990), *El mundo es redondo* (1991), *Perversillos* (1995) —poesía festiva—, *Ánfora viva* (1997). Dora fue premiada por su poema Redondillas a Sor Juana Inés de la Cruz y por su epopeya La Bolivaríada, destacada por la Sociedad Bolivariana de Venezuela en el bicentenario del nacimiento del Libertador. Ha recibido —entre otras— las condecoraciones "Gerardo Arellano" y "Simón Bolívar" del Ministerio de Educación Nacional.

泊在我的感知里

心,你是一条孤舟,
泊在我的感知里。
告诉我流逝的时间与爱
所循的难言路径。

船帆破碎,桅杆断折,
漂浮在浅滩的庇护中,
你渴望拥有岛屿的勇猛
去寻找失落的海域。

知晓所有遗忘的你
泊在灵魂中央,听到
心跳诚实的波涛,

却仍不知自己是否被爱。
心,伤心的废弃之船
泊在我的感知里!

Anclado en la mitad de mis sentidos

Anclado en la mitad de mis sentidos,
corazón, eres barco solitario;
cuéntame el inefable itinerario
de los amores y los tiempos idos.

Velamen roto y mástiles vencidos;
flotando en el refugio del estuario,
tú quisieras un ímpetu corsario
para encontrar océanos perdidos.

Surto en mitad del alma, has escuchado
el oleaje fiel de los latidos
y no sabes aún si te han amado,

tú que conoces todos los olvidos.
¡Corazón, triste barco abandonado
y anclado en la mitad de mis sentidos!

竖立的花

从你那里,我所有根系都得到滋养:
经由你的声音、你的目光
经由你。我活着
被你的思想与言语爱着。

悲伤的血肉和灰发
我们走至最后。
当我死去或你临终,
我们美妙真相的火焰将被遗忘。

茎、根、化、果
是爱的汁液,曾在一瞬间
为我们催熟生命。

没有荫庇,没有清凉,在阳光与风中,
我靠你的汁液维系自己,
我是一朵向着厄运竖立的花。

Erguida flor

De ti se nutren todas mis raíces:
me nutro de tu voz, de tu mirada
y de ti, porque vivo enamorada
de lo que piensas y de lo que dices.

La carne triste y los cabellos grises
iremos al final. La llamarada
de nuestra gran verdad, será olvidada
cuando yo muera o cuando tú agonices.

El tallo, la raíz, la flor, el fruto,
fueron savia de amor que en un minuto
para nosotros maduró la vida.

Sin sombra, sin frescura, al sol y al viento,
porque en tu propia savia me sustento,
soy una flor al infortunio erguida.

娜芙蒂蒂[1]

从怎样金色的世间清亮,
从怎样的天上尘泥中,从怎样的黏土里
造出了你脸颊的柔软,
你盲眼的饱满?

从哪座石棺,哪处居所,
从怎样的黄色深处,
从怎样无岸的遥远世界,
得来你戴冠头顶的光芒?

怎样的北极光在你额上,
在你生动脸庞的宁静中
留下它永恒的霞光?

在我桌上深沉的黑暗中,
当我在夜晚的闲暇里写作,
你用美丽充填我的寂寞。

---

[1] 娜芙蒂蒂(Nefertiti,前1370年–前1330年)是埃及法老阿肯纳顿的王后。据说"娜芙蒂蒂"一词在古埃及语中有"美丽来临"的意思。相传她拥有绝世的美貌,曾被人民当作女神膜拜。1912年埃及出土的娜芙蒂蒂半身人像是当今著名的文物之一。——译注,下同。

Nefertiti

¿De qué terrena claridad dorada,
de qué barros del cielo, de qué arcillas
surgió la morbidez de tus mejillas,
la ciega plenitud de tu mirada?

¿De cuál sarcófago, de cuál morada,
de qué profundidades amarillas,
de qué lejano mundo sin orillas,
la luz de tu cabeza coronada?

¿Qué aurora boreal sobre tu frente,
sobre la placidez del rostro vivo
dejó su rosicler eternamente?

En la penumbra fértil de mi mesa,
cuando entre el hueco de la noche escribo,
llenas mi soledad con tu belleza.

阿格达·皮萨罗·奥尼休
Águeda Pizarro Oniciu

1941年出生于美国纽约,西班牙与罗马尼亚后裔。哥伦比亚诗人、文化活动家、作家。毕业于美国哥伦比亚大学罗曼语系法国艺术与文学专业,随后留校教授法语与西班牙语。此外,她还是拉约博物馆的负责人。拉约博物馆位于哥伦比亚考卡山谷省罗尔达尼约市,是一家拉丁美洲绘画和雕刻博物馆,以奥马尔·拉约的名字命名。1985年,她在此创办了哥伦比亚诗人大会,此后每年举办一届,引起了热烈反响。这是哥伦比亚首个也是唯一的诗人大会,为创作者提供了展示与交流的平台。已出版作品《上瘾的嘴》(1972)、《皮肤国家》(1987)、《我是南方》(1988)、《萨雷马斯》(1996)、《米格尔·皮萨罗,无靶之箭》(2004)等。

Nació en Nueva York en 1941. Poetisa, gestora cultural y escritora colomboamericana de ascendencia española y rumana que ejerce como directora del Museo Rayo dedicado al dibujo y grabado latinoamericano, en reconocimiento del pintor Omar Rayo, ubicado en el Municipio de Roldanillo, Valle del Cauca en Colombia. Se graduó en filología romana, artes y literatura francesa en la Universidad de Columbia en Nueva York, donde años más tarde sería profesora de frances y español. En 1985 crea el encuentro de poetas colombianas,que se realiza todos los años teniendo una gran acogida, que le permite consolidarse como el primero y único de su clase en Colombia, pues ha permitido que varias artistas muestren y difundan sus obras, en este espacio cultural que se celebra en Roldanillo, Valle del Cauca. Algunas de sus obras más relevantes son: *Labio adicto* (1972), *País piel* (1987), *Soy sur* (1988), *Saremas* (1996), *Miguel Pizarro, flecha sin blanco* (2004), entre otras.

永不

我不会停止
向黑暗号叫
像一只
自哀的狼。
——马尔塔·基尼奥内斯[1]

死
不痛,
痛的是生命
直至熄灭。
哦,我的疼痛
不要丢下我,
我为你歌唱。
忍受,
我的
爱,
忍受。

---

[1] 马尔塔·基尼奥内斯(Marta Quiñonez, 1970—),哥伦比亚诗人、编辑、大学教师。

向火焰
伸出手
号叫
你的悲伤,
呻吟
你的沉醉,
你的恐惧。
哭,
为熄灭的
享乐,
把手指
放在伤口。
当你活着,
死亡
给你光亮。

Nunca

No dejaré de aullar
a las tinieblas
como una loba adolorida
de sí misma.
—Marta Quiñonez

No duele
la muerte,
duele la vida
hasta que se apaga.
Oh dolor mío
no me abandones,
por ti canto.
Padece
amor
mío,
padece.
Extiende la mano
hacia la llama
aúlla

tu pena
gime
tu éxtasis,
tu espanto.
Llora
por el gozo
que se apaga ,
pon el dedo
en la llaga.
Mientras vives
la muerte
te da luz.

色粉画

白色
纸页
随着触感
变红。
小提琴
琴弦
振动时
割断
静脉
我们的血
流出
描绘着
逃跑的
记忆。
红粉笔
勾勒
开始有了呼吸的
形状。
色粉的轮廓
燃烧

纸张呻吟。
温热的
触摸下
俘获生命,
完善,
发热成
雾的
子宫里
出现的
人类形态,
通红
如画出它的
那头豹子的
手指。

Sanguina

Se ruboriza

la hoja

en blanco

al tacto.

Una cuerda

de violín

corta

la vena

al vibrar

y se derrama

nuestra sangre

revelando

un recuerdo

en fuga.

La tiza

sanguínea

bordea

una forma

que empieza

a respirar.

Quema

su trazo de tizón

y el papel gime.

Cobra vida

bajo el tacto

caliente,

se redondea,

se afiebra

la forma humana

que emerge

del útero

de la niebla

enrojecida

como los dedos

de la pantera

que la dibuja.

五

我享受雌性
埋伏
恐惧并等待
所期望的东西
羚羊。
——米格尔·皮萨罗[1]

不，
她
没看到。
那箭
进入
穿透，
将
命运
带向目标。
猎人

---

[1] 米格尔·皮萨罗（Miguel Pizarro, 1897-1956），西班牙"二七年一代"诗人。

在她眼睛

深处

看到光。

没看到

十字上

她消失的那个端点。

没有时间

在生命和

熄灭它的

风之间。

没有时间

在咬和毒之间。

被射杀的心脏

坠向

生命。

蟒蛇

绕满

星云。

尖叫的

绳子

颤动,

颤动。

V

Gozo de hembra

que acecha

teme y espera

lo que desea

Gacela.

—Miguel Pizarro

No,
ella
no la ve.
La flecha
entra
penetra,
llevando
el destino
a su blanco.
El cazador
ve la luz
en lo hondo
de su ojo.

No divisa

el punto en la cruz

donde se extingue.

No hay tiempo

entre la vida

y el soplo

que la apaga.

No hay tiempo

entre la mordedura

y el veneno.

El corazón

asaeteado

cae

a la vida.

La víbora

se constela

en nebulosa.

La cuerda

del grito

vibra ,

vibra.

埃尔金·雷斯特雷波
Elkin Restrepo

1942年出生于麦德林。诗人、小说家、编辑。是《集结地》等杂志的创始人或联合创立者,曾任安蒂奥基亚大学杂志主编。已出版诗集《艺术家肖像》(1983)、《沉醉于近处的塞壬之歌》(1985)、《不经花园的到访》(2002)、《风景中独自出现的物体》(2009)、《如同旷野中的希腊陶罐》(2012)、《维纳斯之躯》(2015);短篇小说集《爱情,过客》(2007)、《亡灵的善意》(2009)、《忒勒玛科斯之孤》(2011)、《爱情一日》(2012)、《短篇小说选》(2016)、《五个单纯故事》(2016)。2018年获莱昂·德·格雷夫伊比利亚美洲诗歌奖;1968年获得时代-国家先锋诗歌奖。

Nació en Medellín en 1942. Poeta, narrador, editor. Fundador y codirector de la Revista Acuarimántima, Ex director de la Revista Universidad de Antioquia. Libros publicados, entre otros: Poesía: *Retrato de Artistas* (1983), *Absorto escuchando el cercano canto de Sirenas* (1985), *La visita que no pasó del jardín* (2002), *Objetos figurados en un paisaje a solas* (Poemas y dibujos. 2009), *Como en tierra salvaje un vaso griego* (Sevilla, España, 2012), *El torso de Venus* (2015); Cuentos: *Del amor, lo pasajero* (2007), *La bondad de las almas muertas* (2009), *La orfandad de Telémaco* (2011), *A un día del amor* (2012), *Cuentos* (Selección, 2016), *5 Cuentos inocentes* (2016). Premio Iberoamericano de poesía León de Greiff, 2018. Premio Nacional de Poesía Vanguardia - El Siglo, l968.

天赐

没有地方
比城市更适合
想念鹿
和森林

将这一刻变成
纯粹的遐想

我们想要的生活
不存在,
或存在于其他地方。

鹿,熊,狗,
山和湖,
以及冰月的
尖角
绘出的路上,
一个男人
肩扛
猎物。

有一瞬间
我就是那个人
如此原始,
摆脱金色初生世界的
命运。
并同严苛之法
达成协议
它在梦中给予你
生活。

野蛮而美丽的生活,
那里你交媾、打猎、捕鱼。
随着时间游牧而生,
也就足够,
那里
除了每日的劳作
不需要其他幻想,
而梦只是单纯的
休息,

神明看护你的疲倦。

你生活,享受天赐。

El don

Ningún lugar mejor
que la ciudad para
pensar en ciervos
y bosques,

para hacer del momento
una pura ensoñación,

la vida que queremos
y no existe,
o existe en otra parte.

Venados, osos, perros,
montes y lagos,
y en el camino que traza
el candil
de una luna de hielo,
un hombre
con la pieza de caza
a cuestas.

Por un instante

soy aquél

que, primitivo,

se libra al destino

de un mundo naciente y áureo.

Y pacta acuerdos

con la ruda Ley

que le ofrece por sueño

la vida.

La vida salvaje y bella,

donde copular, cazar, pescar,

cambiar con el tiempo nómade,

es suficiente,

y donde no cabe

ilusión distinta

a la labor de cada día,

y el sueño es el simple

descanso,

el dios que vela tus fatigas.

Y vivir, el don.

程度

他知道——没什么理由——
有人来了。

不管是谁,
但有人来了。

这就是
——为何不注明日期?——
意外之喜那天。

这地方、桌子,
这些准备,
都细致谨慎。

有人来了。

他打开门。

紧绷的心
测量了等待。

这程度惊诧了他,
她美的力量。

他从不敢
有这么大的期待!

有人来了。

等了又等。

没有人来。

但他有充分的理由
知道

他多珍惜一生
以及那等待
程度之深!

Rango

Sabía, sin mucha razón,
que alguien venía.

Ignoraba quién,
pero alguien venía.

Este era el día
¿cómo no marcar la fecha?
de una dicha imprevista.

El lugar, la mesa,
los preparativos,
imponían un cuidado.

Alguien venía.

Abrió la puerta.

Su apretado corazón
midió la espera.

El rango le inquietaba,
el poder de su belleza.

!Jamás la expectativa
había sido tanta!

Alguien venía.

Esperó y esperó.

Nadie vino.

Pero supo,
con mucha razón,

cuánto a su vida daba valor
!y en qué medida!,
aquella espera.

共同之地

如果告诉他们
那一切是爱,
他们一定会否认。

他们着了魔又被蒙在鼓里。

但他见不到她会感到绝望,
他没去找她
她就会来。

坐在酒吧里,
他们可以就此度过一生。

这两个人不知道
他们是一体的,

为了相聚,
他们离开自己的地方
离开了世界本身。

然后聊了又聊

(什么都说了,又仿佛什么都没说),

却不知道
他们所说的是爱。

Lugar común

Si les dijeran
que todo aquello es amor,
lo negarían.

Viven un hechizo y no se dan cuenta.

Pero él se desespera si no la ve,
y ella acude en su busca
si no lo encuentra.

Sentados en el bar,
podrían pasar la vida entera.

Dos que no saben
que son uno,

y que para reunirlos
se movió de su sitio
el universo mismo.

Y hablan y hablan

(de todo y nada en apariencia),

sin saber
que es del amor que hablan.

海梅·加西亚·马弗拉
Jaime García Mafla

1944年出生于哥伦比亚卡利市。在安第斯大学取得博士学位。曾是美国雪城大学佩德罗·库珀曼所创办的《联络点》杂志编辑；是诗歌杂志《赌骰子》的创始人之一。获得哈维里亚那大学骑士十字勋章及卡罗-奎尔沃学院荣誉盾牌奖章。已出版随笔集《什么是诗歌？》；诗集《瞭望塔之声》《在恩典之地》《哥伦比亚的诗歌译者》《未说之诗》《征兆》《海港泊船之歌》《用铅笔写在旧笔记本上的诗》等；散文集《费尔南多·查理·拉腊》《阿尔弗雷多·佩雷斯·阿伦卡特的诗歌轨道》《秋天所有树叶应落下》等。此外，还编辑注释了哥伦比亚版的《堂吉诃德》。曾以《能活就活》一书获得国家诗歌奖。1981年，哥伦比亚国立大学以《在恩典之地》为题汇编出版了其已出版作品合集。

Nació en Cali, Colombia, en 1944. Es Licenciado en Filosofía y Letras de la Universidad de los Andes y cuenta con un Magister y Doctorado de esa misma Universidad. La Universidad Javeriana le dió la cruz de su Orden en el grado de Caballero, y el Instituto Caro y Cuervo su escudo de Honor. Perteneció a *Point of Contact* de Pedro Cuperman en la Universidad de Syracusa (USA). Es cofundador de la revista de poesía *Golpe de Dados*, y Premio Nacional de Poesía por el libro *Vive Si Puedes*. Tiene un libro sobre la teoría de la creación titulado: *¿Que Es la Poesía?*. Otras de sus obras son: *Las Voces del Vigía, En el Solar de las Gracias, Traductores de Poesía en Colombia, Poemas del No-Decir, De las Señales, Lais de Buques en la Rada, Poemas Escritos a Lápiz en un Viejo Cuaderno*, así como la edición crítica colombiana del *Quijote*. En prosa, ensayos críticos: *Fernando Charry Lara y Órbita a la Obra de A. P. Alencart*. Su más destacado libro de ensayos es: *En Otoño Deberían Caer Todas las Hojas de los Libros*. En 1981 la Universidad Nacional de Colombia reunió su obra hasta entonces con el título *En el Solar de las Gracias*.

三支水手之歌[1]

其一

峭壁上,
可以看见浪花碎开
就像宇宙的透明花瓣……
然后落下,归于平静
再次露出深色的岩石,
——那里容不下人的双脚
手,与朝向或源自庇护之物的期望——
露出透明宽慰中的船只。
持续数月的旅程
仍未结束,只见地平线
刻在视网膜上,后者却从内部看到另一种存在,
不同的符号和另一个远方。
船头上可以感受到其他天空的风,
那个天空吹来其他的风,带着更确定的命运预兆。

---

[1] 原文的"Lai"指13-14世纪创作于欧洲地区,尤其是法国与德国的一种叙事抒情诗。此标题下收录的三首都以"Lai"为题,在中文翻译中统一为"其一""其二""其三"。

其二

从水到甲板
这船驶向未知，
将她带走或送回，将她留下、忘却和记起
抵达旧日曾到访的海湾
风中的翅膀和光，总有爱情、爱
和爱人在她的所知中，经由别人的手
驶向确定的港口……
那港口，是的，满是恶意的海岸唯一的港口
仍不可见，却能被预感。
天予的愉悦在渔具中
在作为庇护与旗帜的桅杆中
继续未知的道路，如此才能得知
哪里是终点，还要多久才能到达。

其三

海水之上
明亮的天空落下无尽的雨，
在这个一切存在都被暂停的正午
在被标记的秘密时间里
在海浪和时光的永远等待中，

晨曦里有一种对甲板的召唤
当一切都像是待完成的渴望
当水手成为
风的暗色玫瑰唯一认出的人，
永远缺席于每种将临的命运，
缺席于自戕者眼中滚落的眼泪
带起的微风，
任由自己被
从琥珀色深处吸引群星的海浪带走，
没有时间，没有秘密。

Tres lais marinas

Lai

En los acantilados,
Visibles ya, rompen las olas
Como los pétalos transparentes del Cosmos...
Luego al caer, se serenan
Y dejan otra vez mirar a las rocas oscuras,
Sobre las cuales no podría posarse un pie humano,
Ni una mano, ni la esperanza de alguien hacia o de algo
Que acogiera, al navío ya en el consuelo de la transparencia,
No ha terminado aún el viaje
Que le lleva por tantos meses, con sólo el horizonte
Grabado en la retina que desde su interior veía otras presencias,
Unos signos distintos y otra lejanía.
Desde la proa puede sentirse el aire de otros cielos,
Un cielo de otros aires con señales más ciertas del destino.

Lai

Del agua a la cubierta

De la nave que viaja hacia lo incierto

Que la lleva o la trae, que la deja y la olvida y la recuerda

Al volver a una rada que un día se visitó

Ala y luz en el aire, hay siempre un amor y un amar

Y lo amado, allí en su saberse en manos de lo otro,

Saberse navegando hacia puerto seguro...

Ese puerto, sí, el solo entre un litoral ahora hostil,

Aún invisible pero ya presentido,

La Gracia de las Gracias en las jarcias

En la arboladura que ya es todo acogida e insignia

Para seguir el rumbo entre lo incierto, así se sepa

Dónde está el final y cuánto aún hace falta para llegar a él.

Lai

Sobre el agua del mar

Llueve sin término desde un cielo claro,

En este mediodía que suspende a los seres

En el tiempo secreto que se marca

En el siempre aguardar de olas y de horas,

Así un llamado a cubierta en el alba
Cuando todo parece ser deseo por cumplirse
O hace de los marinos los solos conocidos
Por la oscura Rosa de los Vientos,
Siempre ausente del inmediato estar en cada sino,
Hálito de una lágrima al rodar
De los ojos de quien muere a sí mismo
Y se deja llevar por las ondas que atraen a las estrellas
Desde un fondo ámbar, sin tiempo ni secreto.

劳尔·埃纳奥
Raúl Henao

1944年出生于哥伦比亚。诗人、散文家。曾出席第一届委内瑞拉诗歌节（加拉加斯，2004）、第四届国际诗歌节（尼加拉瓜格拉那大，2008）、特内里费超现实主义大会（西班牙，2006）、多伊斯科雷古斯国际节（巴西圣保罗，2010）等。已出版作品：《镜子总督》（1996）、《点菜生活》（1998）、《恶魔之美》（1999）、《双星：酒中的真相》（2012）、《俳句选》（2010）等。

Nació en Colombia en 1944. Poeta y ensayista colombiano. Algunos de los eventos en que ha participado: Primer Festival Mundial de poesía de Venezuela (Caracas, 2004), IV Festival Internacional de Poesía (Granada, Nicaragua, 2008), Congreso Surrealista de Tenerife (España, 2006), Festival Internacional de Dois Corregos (Sao Paulo, Brasil, 2010). Es autor de: *El Virrey de los Espejos* (El Oso Hormiguero, Editor, Medellín, 1996), *La Vida a la Carta* (Ed. Festival Internacional de Poesía en Medellín, 1998), *La Belleza del Diablo* (Madrid, España, 1999), *La Doble estrella: La Verdad en el Vino* (Edición del Instituto Caro y Cuervo, "Homenaje" del Festival Internacional de Poesía de Bogotá, 2012), *Haikus Selectos* (Medellín, 2010).

尼采归来

火焰的燃烧无法遏制我的干渴,
太阳的燃烧也不行。

玩火!我的心是
汽油棚,人造火的火药。
火焰是我的乐团的指挥,
闪电追击着我穿越田野。

灼烧的黑莓是我全部的所爱,点燃的
煤,炭火上的路,
爆发的火山喷气孔上的舞蹈。

唉,我的思想
在世界之美的篝火中燃尽。

Retorno de Nietszche

Ni la quemadura de la llama aplaca mi sed,
ni la quemadura del sol.

¡Jugar con fuego! Mi corazón es un galpón
de gasolina, un polvorín de fuegos artificiales.
La llama es mi director de orquesta,
el relámpago me persigue a campo traviesa.

Zarza ardiente es todo cuanto amo, carbones
encendidos, camino sobre brasas,
baile en la fumarola de un volcán en erupción.

Ay, mi pensamiento se consume en la hoguera
de la hermosura del mundo.

读"晦涩者"赫拉克利特

生命中逆流的、无法挽回的时间
删除所有当下或存在
只给我留下喷泉中
水的低语。一束阳光
悬在黑暗中。
窗户上曙光的轻触。

地狱和天堂变成对美的
激烈、忠贞的找寻。
对于圣人或艺术家,
只有一条向上或向下的路。

Leyendo a Heráclito "El Oscuro"

Tiempo adverso, irreparable de la vida
que quita todo presente o presencia
y me deja sólo el murmullo del agua
en el surtidor. un rayo de sol
suspendido en la oscuridad.
el toque quedo del alba en la ventana.

Infierno y paraíso se torna toda búsqueda
extrema, indefectible de la belleza.
Para el santo o el artista,
uno solo es el camino de arriba y abajo.

寂静

梦游的风,玫瑰的白!
在夜晚狂暴的
心里
谁提起蜜蜂?

梦并不比
失眠更轻快:
谜语和灯芯
失明和目眩。
寂静给我的词语添上翅膀。

El silencio

¡Aire sonámbulo, blancura de las rosas!

¿Quién menciona la abeja

en el avinagrado

corazón de la noche?

El sueño no es más alado

que esta vigilia:

Acertijo y pabilo

ceguera y deslumbramiento.

A mis palabras el silencio pone alas.

哈罗德·阿尔瓦拉多·特诺里奥
Harold Alvarado Tenorio

1945年出生于哥伦比亚。马德里康普斯顿大学文学博士，哥伦比亚国立大学拉丁美洲文学教授，主办诗歌杂志《额枋》。已出版多本诗集、散文集、访谈及评论文集，包括《等等》(2017)、《毒品共和国文化》(2015)、《账目调整：20世纪哥伦比亚诗歌》(2014)、《身体的愉悦》(2012-2014)、《25篇访谈》(2010)、《断片残章》(2002)、《拉丁美洲文学》(1995)、《文集》(1994)、《艾略特的诗》(1998)、《祛魅的一代：70年代的哥伦比亚诗人》(1985)、《卡瓦菲斯》(1984)、《50一代的五位西班牙诗人》(1980)等。曾获西蒙·玻利瓦尔国家新闻奖及伊塔大司祭国际诗歌奖。有作品被译为阿拉伯语、德语、汉语、法语、罗马尼亚语、英语、希腊语、意大利语和葡萄牙语。

Nació en Colombia en 1945. Es Título de Doctor en Letras por la Universidad Complutense de Madrid y Profesor Titular de la Cátedra de Literaturas de América Latina de la Universidad Nacional de Colombia. Dirige la revista de poesía *Arquitrave*. Autor de variados libros de poesía, ensayo, crónicas, entrevistas y diatribas, algunos de ellos son *Etcétera* (2017), *La cultura en la república del narco* (2015), *Ajuste de cuentas, la poesía colombiana del siglo XX* (2014), *De los goces del cuerpo* (2012-2014), *25 entrevistas* (2010), *Fragmentos y despojos* (2002); *Literaturas de América Latina* (1995), *Ensayos* (1994), *La poesía de T.S. Eliot* (1988), *Una generación desencantada: los poetas colombianos de los años setentas* (1985), *Kavafis* (1984) *y Cinco poetas españoles de la Generación del Cincuenta* (1980). Ha recibido los premios Nacional de Periodismo Simón Bolívar y el Internacional de Poesía Arcipreste de Hita. Ha sido traducido al alemán, árabe, chino, francés, griego, inglés, italiano, portugués.

佛和我的猫

迦毗罗卫城,

蓝毗尼,

卡皮莱斯瓦拉,

奥里萨,

或是比普罗瓦[1],

我都没有找到你。

我对你的找寻

在这近七十年里不断生长。

世纪末,

差不多是在两千五百年后

你到达我在北京的家

我同你穿过大西洋。

你与昨日一样小。

今天你已经过上你所宣示的生活。

你曾称自己为博尔赫斯、月或李白。

直到现在我才领悟了你的教导:

---

[1] 迦毗罗卫城、蓝毗尼、卡皮莱斯瓦拉、奥里萨、比普罗瓦均是佛教圣地或与释迦牟尼传说相关的地点。迦毗罗卫城是古代释迦族的国都、释迦牟尼的故乡。

没有什么比逃离快乐更令人愉悦，
没有什么比逃离荣耀更有价值，
生活几乎不会导致疾病，
生活几乎不会导致衰老，
只有死亡才能让我们摆脱死亡本身。
因此我感谢你们的陪伴。
忽略感官的渴求
并且总是如此明智的猫：
睡觉、玩耍、进食
随心所欲，破除常规
这就是全部。
现在我不悲不喜，
漫不经心，过着生活。

Buda y mis gatos

Ni en Kapilavastu,
ni Lumbini,
Kapilesvara,
Orissak,
ni Piprahva
te encontré.
Mi búsqueda de ti
ha crecido casi setenta años.
A finales del siglo,
casi dos mil quinientos años más tarde
llegaste a mi casa de Beijing
y crucé contigo el Atlántico.
Eras tan pequeño como aquel ayer.
Hoy has vivido las vidas que anunciaste.
Te has llamado Borges, Luna o Li Bai.
Solo ahora he comprendido tus enseñanzas:
nada más gustoso que huir del placer,
nada tan gratificante como huir de la gloria,
la vida apenas conduce a la enfermedad,
la vida apenas conduce a la vejez,

sólo la muerte nos libera de ella.

Por eso agradezco vuestra compañía.

Gatos que habéis desconocido la sed de los sentidos

y fuisteis siempre sabios:

dormir, jugar, comer

y hacer lo propio para deshacer lo hecho

eso fue todo.

Ahora no estoy ni triste ni feliz.

Desatendido, vivo de la vida.

探戈

勇敢美丽
死亡不能挥霍你。

我的嘴唇
让你不朽：
我如此爱你。

我清楚记得
你双眼的光彩
肌肤的玉兰
痞气的微笑
有节奏的步伐
还有那种欺骗的方式
只有在你身上我才会原谅。

你不会回来，
我已经知道。
我也不再是你原本
爱的那样。
伤害和遗憾

将我俘获
将我的灵魂
变成流浪的存在。

因此
突然
在阿尔韦亚尔和乌里武鲁的
咖啡店
你出现。

我看见你到来
寻找我
好像从未离开过
你向我打招呼
你自永恒中微笑
那是我爱你的地方

对幸存并
继续爱着的人而言
死亡是徒劳的。

生命也是徒劳的。

Tango

Valiente y hermoso
no pudo la muerte malgastarte.

Mis labios
te hacen inmortal:
te he amado mucho.

Sin falta recuerdo
el fulgor de tus ojos
la magnolia de tu piel
tu sonrisa de malevo
tu rítmico andar
y esa manera de engañar
que sólo en ti perdono.

No volverás,
ya lo sé.
Tampoco soy el mismo
que amaste.
El daño y las penas

han hecho de mi un despojo

y de mi alma

una errante sustancia.

Y entonces

de repente

en un café

de Alvear con Uriburu

apareces.

Te veo llegar,

me buscas

y como si nunca hubieses partido

me saludas

y sonríes desde esa eternidad

donde te amo.

Vana es la muerte

para quien sobrevive

y sigue amando.

Vana también la vida.

小雪之墓

那个秋天,我生病时,
小雪,那东方来的
小金毛狗
跨过海洋和山谷,
甘蔗田和玉米田,
来这儿陪我。
照顾我的人
嫌弃你肚皮松弛
身上有疮痕,
决定让你安息
但并未将你安葬。
我从未找到你的尸体
小雪。
我知道他们残忍地
将你扔到了某处。
如果你没有安身之地,
请在这些诗句中
找到休憩的终点
这样,在恶之河的
深沉孤独中,

我就可以
感谢你的陪伴
那里埋葬着
同样深爱你的人。

啊,你,小雪!
美丽金黄
如同黎明。

La tumba de Xiao Xue

Cuando enfermé, aquel otoño,
Xiao Xue, mi rubia perrita
venida del oriente
llegó hasta aquí conmigo,
cruzando mares y valles,
campos de caña y maíz.
Quienes de mi cuidaron
culpándote de las llagas del cuerpo,
y la holgura del vientre,
resolvieron darte muerte
pero no sepultura.
Nunca encontré tu cuerpo
pequeña Xue.
En parte alguna supe dónde
te arrojó la crueldad.
Si no hubo tierra para ti,
halla en estos versos
término para tu descanso
y yo pueda,
agradecer tu compañía

en las hondas soledades
del Rio de la Maldad,
donde está el sepulcro de aquel,
que también tanto te quiso.

¡Oh, tú, Xiao Xue!
Bella y rubia
como el alba.

奥古斯多·皮尼利亚
Augusto Pinilla

1946年出生于哥伦比亚桑坦德省索科罗市。诗人、散文家。在大学教授美学、文学批评与拉丁美洲文学。其创作受科塔萨尔与莱萨马·利马的影响,布卡拉曼加SIG出版社2003年出版了其论著《科塔萨尔与莱萨马》。已出版诗集《抒情诗与短篇小说》(1978)、《影子工厂》(1987)、《赞美之书》(1990)等。有诗作收录于巴勃罗·胡拉多的选集《逆旅:哥伦比亚诗歌中的墨西哥》。另有小说《无尽之家》(1979)、《金凤凰》(1982)。曾在哥伦比亚各个文学杂志上发表多篇散文与书评。

Nació en Socorro, Santander, Colombia, en 1946. Poeta y ensayista profesor universitario en las áreas de Estética, crítica literaria y literatura latinoamericana. Las obras de Cortázar y Lezama Lima constituyen un referente fundamental en sus reflexiones; de allí su libro *Cortázar y Lezama*, publicado en el año 2003, por SIG editorial, de Bucaramanga. Entre sus libros de poesía se destacan: *Canto y Cuento* (1978), *Fábrica de sombras* (1987) y *El libro del aprecio* (1990). Poemas suyos aparecen en el libro: *Posadas: México en la poesía colombiana*, compilación de Pablo Jurado. Es autor de las novelas *La casa Infinita* de 1979, y *el fénix de oro* de 1982. Múltiples ensayos suyos y reseñas de libros aparecen en revistas literarias colombianas.

哲学诗

我曾相信那是
与苏格拉底的对话
或同荷尔德林的漫步
穿过阳光的废墟而不忘记
让热爱本质的人
可以沉思的神谕
从何出现,
但那是你的发辫
让死亡的存在
更不可能
我不会说起你的目光
它迷失在你青春的草地上,
不会说起你的色彩,
只有你的步伐
令人惊异地超越生活
与美相同。

Poema filosófico

Siempre creí que fue
en conversaciones con Sócrates
o en paseos con Hördenlin
por la ruinas de soles sin olvido
donde surgió el oráculo
de que puede pensar lo más profundo
quien ama lo más vital,
pero ahí está tu trenza
que hace más imposible
la existencia de la muerte
y nada diré de tu mirada
perdida en la pradera de tu juventud,
nada de tu color,
sólo tu paso
extrañamente superior a la vida
idéntico a la belleza.

洪水

他让水涌向大地
如同诗人让火蔓延在
他的旧诗里
但曾有一个例外
——例外的人或例外的诗——
他看着好
便放入方舟
以便重新开始,
就像一个老诗人
无法摆脱
自己的创作。

——乐园的日子

El diluvio

Hizo correr el agua por la tierra
como un poeta hace correr el fuego
por sus viejos poemas
Pero hubo uno
—un hombre o un poema—
y viendo que era bueno
lo presentó en el arca
para empezar de nuevo,
como un viejo poeta
que no logró librarse
de su invento.

—Los días del paraíso

祈祷

被赐福的国王；
在镜前排练
举起手
面带微笑
并且小心
别让王后的
噩梦成真
动脉
因酒和命令而突起
而你的瓦罐脖子
在那天会戴上
最好的挂毯
为了那些
——众所周知——
必定会到来的

——乐园的日子

Plegaria

Bendito rey;

Ensaya ante el espejo

Un levantar la mano

En forma de sonrisa

y cuida

de que no se conviertan en verdades

los malos sueños de la reina

Hincha de vinos y órdenes

la aorta

y así tu cuello cántaro

pondrá en el día contado

mejor tapiz

para los que

—se sabe—

han de venir

—Los días del paraíso

胡安·雷韦罗·雷韦罗
Juan Revelo Revelo

1946年出生于哥伦比亚纳里尼奥省伊皮亚莱斯市。作家、诗人、记者。在波哥大获得工程专业本科学位,在墨西哥取得工商管理硕士学位。曾任国际劳工组织美洲国家间职业培训知识开发中心驻布宜诺斯艾利斯及瑞士日内瓦顾问,联合国教科文组织驻巴黎、哈瓦那与墨西哥工作人员。他是国际笔会和国际扶轮成员,担任过多项诗歌和小说奖的评委。他还创建了"胡安·鲁尔福与奥克塔维奥·帕斯工作坊",以纪念在墨西哥时二者对他的教诲。曾获纳里尼奥大学青年故事大赛奖(1958)、巴兰卡韦梅哈市国家小说奖(2000)、行星出版社国家小说奖(2002)、马德里博览会文学创新奖(2014)等奖项。已出版诗集《回忆之眼》《赤裸的孤独》《时光之怒》《世纪末新声》,长篇小说《梅赛德斯·萨卢索的箱子》,散文集《风中之页》,短篇小说集《吉卜赛女子伊塞尔达》《爷爷的梦》《萨布丽娜》。他还是其他五本诗集与叙事作品集的合著者之一。其作品已被翻译为英语、法语和意大利语。

Nació en Ipiales, Nariño, Colombia, en 1946. Escritor, poeta y periodista. Estudió Ingeniería en Bogotá y obtuvo maestría en Administración de empresas en México. Fue asesor de Cinterfor (OIT) en Buenos Aires y en Ginebra, Suiza; y funcionario de la

UNESCO en París, La Habana y México. Fundador de los talleres Juan Rulfo y Octavio Paz, en homenaje a quienes fueron sus maestros en la época que vivió en México. Ha sido jurado en varios concursos de poesía y narrativa. Es miembro del PEN Club de escritores, y de ROTARY Internacional. Ha ganado varios premios literarios, entre ellos: Premio "Concurso cuento juvenil", Universidad de Nariño (1958); Premio Nacional de cuento "Ciudad de Barrancabermeja" (2000); Premio Nacional de Cuento, Editorial Planeta (2002); Premio "Innovación Literaria" Feria de Madrid, España (2014). Es autor de: *Los Ojos del Recuerdo*, *Desnuda soledad*, *Furia del tiempo*, *Nuevas Voces de fin de Siglo* (Poesía); *El baúl de Mercedes Saluzo* (Novela); *Páginas al viento* (Ensayos); *La gitana Iselda*, *Sueños de mi abuelo* y *Sabrina* (Cuentos). Coordinador y coautor de cinco libros polifónicos de poesía y narrativa. Su obra ha sido traducida al inglés, francés e italiano.

诗

这首诗说了怀旧的回忆
关于脆弱与力量
关于爱情的别离和重逢……
重塑狂热的回忆
水与天的景色
温和及矛盾的经历。

这首诗说,在遥远的海滩上
景象转换成
散开的光
闪亮的镜子
银色的海鸥。

于是我知道这些诗句
可以在梦的永恒中
飞得很高
因为它们有内心声音的
甜蜜而强大的词语。

El poema

El poema hablaba de recuerdos nostálgicos
de fragilidad y fortaleza
de ausencias y reencuentros amorosos...
Reinventaba memorias febriles
paisajes de agua y cielo
vivencias dóciles y paradójicas.

El poema decía que en playas lejanas
se transmutaban las imágenes
en luces prolíficas
en espejos brillantes
en gaviotas de plata.

Y entonces supe que los versos
podían volar muy alto en la intemporalidad
de los sueños
porque tenían palabras con voz interior
dulces y poderosas.

新时代

面对大海,我知道

时间已无情滑过

我们的旧画像。

在进入

生锈的丰裕之角[1]

和尖锐的忧郁

的新时代前

黄昏时分

当光变红

变橙

变轻……

时间在我们皮肤上签下皱纹。

时间给我们带来

太多回忆

伴随面容和黎明

还有离去的

以及月亮——

---

[1] 古希腊神话中母山羊阿玛尔忒亚的角,可以倒出任何东西,且取之不尽。又译为"丰穰之角""丰盛角"或"聚宝角"。

曾多次被我们诗人和遇难者的眼睛发觉
曾照亮预言中孤独的
悲伤领地。

Nueva edad

Fue frente al mar en donde supe

que el tiempo había pasado implacable

sobre nuestros viejos retratos.

Tiempo que nos rubricó con surcos en la piel

a la hora del crepúsculo

cuando la luz se tornó rojiza

anaranjada

liviana...

antes de entrar a la nueva edad

de cornucopias oxidadas

y melancolías ásperas.

Tiempo que nos trajo

una profusión de recuerdos

con los rostros y los amaneceres

junto a aquellos que se fueron

y con las lunas tantas veces advertidas

por nuestros ojos de poetas y de náufragos

que iluminaron los tristes dominios

de la soledad pronosticada.

开头与结尾

生与死互相寻找
饥饿地相伴
就像想要吞食自己的
衔尾蛇的头和尾。

日子快速奔跑、飞翔、航行
从沾湿曙光的第一声啼哭开始
直到终点
白色床单上
最后一刻寂寞的刺痛里
黑暗将在封闭的凹面镜中
点燃它的谜语。

一些人承认
一切有开始就有结束:
春——夏——秋——冬……
另一些人不愿谈及死亡
因为无名的事件
让他们恐惧与怀疑。
"死亡是老人的事",他们说,

扬起瓦吉特[1]的笑容
装饰皇冠的埃及眼镜蛇
盘绕在相信永生的法老头上。

生与死是
想要吞食自己的
衔尾蛇的头和尾。

我不想承认
但开始怀疑
我与不信者有着同样的恐惧。

---

[1] 埃及的守护神,蛇首人身,或单以蛇的形象出现。又译为"乌加特"或"瓦杰特"。

Principio y fin

La vida y la muerte se buscan
y se acoplan hambrientas
como la cabeza y la cola de una víbora urobórica
que intenta devorarse a sí misma.

Los días corren, vuelan, navegan veloces
desde el primer llanto que moja la aurora
hasta el final
sobre sábanas blancas
en la soledad punzante del último minuto
cuando la obscuridad encenderá sus enigmas
en espejos cóncavos y herméticos.

Algunos admiten
que todo lo que comienza termina:
primavera-verano-otoño-invierno…
Otros no desean tocar el tema de la muerte
porque acontecimientos sin nombre
los han vuelto temerosos e incrédulos.
"La muerte es cosa de viejos" –dicen–

y sonríen con la sonrisa de Uadyet
la cobra egipcia que adornaba la corona
de los faraones que se creían inmortales.

La vida y la muerte son la cabeza y la cola
de una víbora paradójica
que se devora a sí misma.

Yo no quisiera admitirlo,
pero empiezo a sospechar
que tengo el mismo temor de los incrédulos.

何塞·路易斯·迪亚斯-格拉纳多斯
José Luis Díaz-Granados

1946年出生于圣玛尔塔。曾任国家文化委员会委员兼部长代表（2013-2018）。2017年应邀参加在中国北京语言大学举行的"一带一路"活动。已出版诗集《迷宫：1962-1984年诗集》（1984）、《永恒庆典：1962-2002年诗集》（2003）和《诗全集》（三卷，2015）；小说集《地狱之门及其他》（2015）；戏剧《夜娃娃》（1996）；散文集《作家和他的恶魔》（2010）；关于马尔克斯的回忆录《我记忆中的加博》（2013）。另出版有许多儿童及青少年读物。

Nació en Santa Marta en 1946. Miembro del Consejo Nacional de Cultura y delegado de la Ministra ante dicho organismo (2013-2018). En 2017 viajó a la República Popular China, invitado al evento One Belt One Road, celebrado en la Beijing Language and Culture University. Libros de poesía: *El laberinto: 1962-1984* (1984), *La fiesta perpetua: 1962-2002* (2003) y *Poesía completa* (3 tomos, 2015). Obra narrativa: *Las puertas del infierno y otras novelas* (2015). Otros libros: *La muñeca nocturna* (teatro, 1996), *El escritor y sus demonios* (2010), *Gabo en mi memoria* (recuerdos de Gabriel García Márquez, 2013) y numerosos libros para niños y jóvenes.

黎明

对于我疯狂的生活而言,在正午
比所有日子更日子的一天,太阳浇下雨水
而正午的黎明还是黎明,
比透明的一分钟更轻薄
比永恒的海更瞬间。

容得下我整个身体的纯净水池,
不断爱抚我的露水之海,
我心灵永恒的祖国,
我灵魂永憩的笼子。

黎明——光,黎明——太阳,海的——黎明,
黎明——白日,黎明——永恒,灵魂的——黎明,
黎明——今天,黎明——蓝,七月的——黎明,
黎明——爱,黎明——妻子,睡着的——黎明,
黎明——诗,唯一的——黎明,我的——黎明。

船只、瓷罐、洞穴,我梦中的单桅帆船,
收纳我所有想法的抽屉,
隐藏我笑容的箱子,

那里居住着我的忧虑和回忆。

黎明,当下的北方,永恒的北方,
我的血肉,我的影子,我的双生子,
我疯狂的同伴,我的镯子,
我的魔法房间,我的小城堡,
那里居住着爱……

Alba

Para mi loca vida, al mediodía,
un día más día que todos, el sol regó la lluvia
y el alba al mediodía aún era alba,
más sutil que un minuto transparente
y más minuto que un océano eterno.

Cisterna pura donde cabe mi ser entero,
mar de rocío que me acaricia incesante,
patria perenne de mi corazón,
jaula donde descansa para siempre mi alma.

Alba-luz, alba-sol, alba-marina,
alba-día, alba-siempre, alba-del-alma,
alba-hoy, alba-azul, alba-de-julio,
alba-amor, alba-esposa, alba-dormida,
alba-verso, alba-única, alba-mía.

Navío, vasija, cueva, balandra de mis sueños,
gaveta donde guardo todos mis pensamientos,
cofre donde se esconde mi sonrisa,

donde moran mis ansias y mis recuerdos.

Alba, norte presente, norte eterno,
carne mía, mi sombra, mi gemela,
mi compañera loca, mi pulsera,
mi mágico aposento, mi pequeño castillo,
donde habita el amor...

不得快乐

每当你快乐的时候
就有豪猪闯入。

你吃东西的时候,
饥饿眼睛的密探注视你。

当你专注时
一阵瘙痒阻挠你。

当你想要安静
一只狼在远处嚎叫。

当你想亲吻
一只蜘蛛纠缠你。

当你洗澡时
没水了。

当你午睡时
有人踩你的肚子。

当你喜爱一个孩子
他被租给邻居。

如果你抚摸一只猫
它马上被下毒。

当你看电影
目光就被遮蔽。

当你写作时没人读你
有人读你时,你已不存在。

Contralegría

Siempre que tú estás alegre
se entromete un puerco espín.

Cuando comes, un espía
de ojos hambrientos te vela.

Cuando te hallas concentrado
una cosquilla te estorba.

Cuando quieres el silencio
un lobo aúlla a lo lejos.

Cuando quieres dar un beso
se te atraviesa una araña.

Cuando te das una ducha
el agua desaparece.

Cuando duermes una siesta
te pisotean la barriga.

Cuando amas a un bebé
se lo alquilan al vecino.

Si acaricias a un felino
lo envenenan al instante.

Cuando ves una película
se te nubla la mirada.

Cuando escribes no te leen
y cuando te leen no existes.

在面朝大海的酒吧

四十五年前,有一次
下雨时,我躲进一家咖啡馆。
两个年轻人在谈论文学,
他们谈论了主题和作者
对于这些话题,我觉得只有自己有权威。

我厚着脸皮走近,同他们讨论。
他们友善地欢迎我,请我
喝咖啡。一会儿,一切都得出结论。

这种事发生过许多次,在波哥大、
哈瓦那、格拉、列宁格勒
——我看到一个金发女孩在地铁上看书
或是年轻人在咖啡馆里写作
或一个安静的老人在读《白鲸》——

我写下笔记,渗入他们的世界,
冒昧地,未经许可,
表达些什么来引起注意,
就像要告诉所有人:

我了解您感兴趣的主题，
我阅读，我写作，请
给我继续前进的道路，
我也同样磨利了弓箭
指向曾经总是
恰巧弄错的目标。

但现在我在这里，面朝阿尔穆涅卡尔的大海，
遥望它的海湾
——与圣玛尔塔的海湾如此相似——
在一个酒吧里，刚冒出胡茬的年轻人
对漂亮的女友读了一段麦克白，
我默默地告诉他们：请允许我打断
一分钟，但我需要
知道自己存在，是世界的一部分，
知道我也同样刻下了灵魂的痕迹
在你们可能读到
可能喜欢、迷上并得到滋养的文字里。

是的，请不要这么快害怕我，
我不是麦尔维尔，不是莎士比亚或聂鲁达，
但是我梦想是为了让你们梦想
我知道我的某些诗行会战胜死亡。

En un bar frente a la mar océana

Una vez, hace cuarenta y cinco años,
me refugié en un café mientras llovía.
Dos hombres jóvenes hablaban de literatura,
Disertaban de temas y de autores
Sobre los que sólo yo pensaba que tenía dominio.

Me acerqué sin pudor y discutí con ellos.
Me recibieron con simpatía, me invitaron
A un café; al rato, todo había concluido.

Me ocurrió muchas veces, en Bogotá,
En La Habana, en Gera, en Leningrado
—donde veía a una muchacha rubia leer en el Metro
O a un joven escribiendo en un café
O a un anciano tranquilo leyendo Moby Dick—.

Algo anotaba yo, me sumergía en sus mundos,
Imprudente, sin pedirles permiso,
Manifestaba algo haciéndome notar,
Como queriendo decirles a todos:
Yo conozco los temas de su interés preciso,

Yo leo, también escribo, por favor,
Dénme paso para seguir avanti,
Yo también he afinado mi flecha
Y he apuntado hacia un blanco
Al que siempre he acertado a equivocarme.

Pero aquí estoy ahora, frente al mar de Almuñécar,
Contemplando su bahía
—tan parecida a la de Santa Marta—,
En un bar donde un hombre joven de barba incipiente
Le lee a su bella novia un párrafo de Macbeth,
Y les digo en silencio: acepten un minuto
De interrupción, pero es que necesito
Que sepan que yo existo, que hago parte del orbe,
Que también he inscrito las huellas de mi alma
En palabras que a lo mejor leerían
Y algo les podría encantar o hechizar o cautivar.

Sí, por favor, no me espanten tan pronto,
No soy Melville, ni Shakespeare, ni Neruda,
Pero algo he soñado para que ustedes sueñen
Y sé que alguna línea mía derrotará la muerte.

阿赫米罗·门科
Argemiro Menco

1948年出生于哥伦比亚苏克雷市皮萨镇。诗人、作家、律师、记者。哥伦比亚卡塔赫纳大学研究员。语言文学教育专业学士、社会冲突与和平构建专业硕士。波哥大《观察者报》及卡塔赫纳《环球报》专栏作家。已出版作品：《围困的阴影》（2007）、《船难概述》（2010）、《平行世纪》（2014）等。

Nació en Piza, Sucre, en 1948. Poeta, escritor, abogado y periodista. Profesor investigador de la Universidad de Cartagena. Especialista en Universitología y Didáctica del Lenguaje y la Literatura. Maestrante en Conflicto Social y Construcción de Paz. Columnista de los periódicos *El Espectador* de Bogotá, Colombia, y *El Universal* de Cartagena de Indias. Es autor, entre otros, de los siguientes libros de poesía: *Las sombras del asedio* (Los Conjurados, Bogotá 2007), *Reseñas de naufragios* (Editorial Universitaria Universidad de Cartagena, 2010) y *Sigilos paralelos* (Editorial Universitaria Universidad de Cartagena, 2014).

力量的情色与魔法

来吧,接受我这个吻,我的嘴
给你双唇的献礼和爱抚。
接受它,作为欲望温柔的证明,
劝说的舌尖,
完整的语言——在你的
舌头上下
如同聆听诗歌的愉悦。
我的吻向你展示,我的嘴
张开只为啜饮你的生命、咽喉,
只为说服并告罪:我渴望感受生活并感受你
而你是其中最好的。
来吧,接受我的嘴,我的渴求
给你身体的献礼和火焰。
接受它作为确凿的证据:
我爱你的本质,我翻越你的山脉,
呼吸你的平原、火山,
你的峡湾、你的眼睛、葡萄、鼻子,
你香味洞穴里的毛发。
带着我,接受我,我把自己交给你:

一个尘世和灵魂的国度,杜尔西内亚[1],
交给你双臂和双手的力量。
总之,我的灵魂是你的话语。
总之,你的灵魂,你最大的吸引力。
总之,当然,你征服了我,
我是你的,我自由的心属于你。

---

[1] 《堂吉诃德》中主角的心上人。一个身强力壮的村妇,却被堂吉诃德想象成尊贵的公主或贵妇人。

Erótica y magia del poder

Toma, recibe este beso mío, ofrenda
y caricia de mis labios para tus labios.
Tómalo como argumento tierno del deseo,
como punta de lengua que persuade,
como lengua integral –encima y
debajo de tu lengua
como delicias del poema en tus oídos.
Mi beso te demuestra que mi boca
se abre para beberme tu vida, tu garganta,
para convencerte y confesarte: que eres
la mejor de mis ganas de vivir y de vivirte.
Toma, recibe esta boca mía, ofrenda y
fuego de mis ansias para tu cuerpo.
Tómala como evidencia irrefutable: que
amo tu esencia, recorriendo tus montañas,
respirando tus planicies, tus volcanes,
tus fiordos, tus ojos, tus uvas, tu nariz,
y los cabellos de tus fosas olorosas.
Tómame, recíbeme, como un país terrenal
y espiritual: a ti me entrego, Dulcinea,

al poder de tus axilas, al de tus manos.

En conclusión, mi alma es tu palabra.

En conclusión, tu alma, tu mayor imán.

En conclusión, seguro, me subyugas,

tuyo soy, mi libre corazón te pertenece.

太阳

炽热的仪式。你是工人,
国王、金银匠、阴影的网格,
白色的孔眼
发光的王冠,
雷雨、发红的风,
无机的死亡与生命的水,
鲷鱼的眼睛、有旋律的火,
昆虫的森林,
意识的根源,
社群的主脑、引力的爱,
天上的预感。

和往常一样
你映出蜂巢上
蜜蜂的建筑。

在银河的路上,雄性的星体,
你干涸了号角树的汁液
嘲笑其他雄蜂。

太阳(星球),你是飞行员,
你带领着蜂群。

Sol

Incandescente rito. Tú eres obrero,
rey, orfebre, red de cuadrículas umbrías,
malla de ojuelos blancos
corona luminosa,
lluvia de rayos, viento rojizo,
agua de vida y muerte mineral,
ojo del pargo, fuego melódico,
selva de insectos,
raíz de la conciencia,
cerebro comunitario, amor gravitatorio,
premoniciones celestiales.

Como trabajo de costumbre,
reflejas la arquitectura
de la abeja en el panal.

En el camino lácteo, estrella masculina,
marchitas la leche del guarumo
y te burlas de los zánganos.

Sol (estrella), eres el piloto,
diriges el enjambre.

玛丽拉·苏卢阿加
Mariela Zuluaga

1948年出生于哥伦比亚梅塔省比亚维森西奥市。作家、记者、文化经理、文学坊负责人、编辑。专攻语言学与文学，从事新闻行业超过三十年，曾获各类全国文学大赛奖项。"童年"是她作品最重要的主题。

Nació en Villavicencio, Meta, Colombia, en 1948. Escritora, Periodista, Gestora Cultural, Tallerista, Editora. Ha dedicado una buena parte de su obra literaria a la infancia y ha sido ganadora de concursos nacionales de literatura. Realizó estudios de lingüística y literatura y ejerció el periodismo por más de treinta años.

可播种的永恒

这里
在这个小点之上,
那里
那广阔的地方,
那边
有你
和其他
有
我盛开的根基。

为了前进
到更远的地方
我每天
都播种我的方向。

Ese eterno sembradío

Aquí

en este pequeño punto,

allí

en ese inmenso lugar,

allá

donde estás

con los otros,

los demás,

se hallan

mis raíces floreciendo.

Para caminar

a paso largo

siembro mi rumbo

diariamente.

文本性

"松开你的发——辫
到风中
我想在它的光芒中闪耀"
他说

(难以察觉的
恐惧徘徊)

羞怯的,
她在"不"里颤抖,
但一会儿,
到了夜半,
跳出了她隐藏未表的
文字冲动。

(松开丝绸的丝绸
清扫火山的手)
因此:
更黑的黑失明。

(已经晚了,
啊!无法理解的
隐喻)
松开发!辫!
他
感觉自己的身体爆炸
成了做梦的
飘浮的星星。
(没有风)

Textualidad

"Suelta tus TREN-ZAS
al viento
quiero estrellarme en su brillo",
dice él

(Imperceptible
vaga el temor)

Pudorosa,
ella tiembla en un no,
pero al rato,
cuando media la noche,
salta su recóndito-inédito
impulso textual.

(Seda que desata seda
La mano deshollina el volcán)
Entonces:
Negro más negro enceguece.

(Tarde ya,

¡Ah! La incomprendida

metáfora)

sueltas TREN ¡ZAS!

él

siente su cuerpo explotar

en estrellas que sueñan

que flotan.

(Y no hay viento)

诗 52

怀疑
在溃烂中
疼痛。

玫瑰
折断
它的茎秆。

Poema 52

Duele

la duda

en la llaga.

Rompe

la rosa

su tallo.

诗 61

我摸索我的身体
那里有:
纯净的泥土,而非肋骨,
也有享受,但没有罪。

因此,我凭借自己的话语,
坐在缺席的宝座上,
感受自己在黎明出生。

Poema 61

Y palpé mi cuerpo
y ahí estaba:
barro puro, no costilla,
goce sí, pero sin culpa.

Y así, con mi propia palabra,
sentada en un trono de ausencias,
sentí que nacía a la alborada.

大火

干枯的树枝
有什么责任?
朱红霸鹟
燃烧的胸膛
是第一枚火花。

Incendio

¿Tiene la rama seca
responsabilidad alguna,
de que el pecho ardiente
del tiriribí
sea la primera chispa?

玛丽亚·克拉拉·奥斯皮纳·埃尔南德斯
María Clara Ospina Hernández

1949 年出生于哥伦比亚。诗人。自 2003 年以来一直担任迈阿密《新先锋报》和哥伦比亚的《哥伦比亚人报》《新世纪报》的专栏作家,已发表逾六百篇专栏文章。她还是波哥大历史研究院和哥伦比亚玻利瓦尔研究院成员。已出版八部诗集,包括《风的书法》(2007)、《水光之间》(2009)、《雕木语言》(2011) 等。另有作品收录在多部诗歌选集中,如《她们歌唱:拉丁美洲诗人选集》(2019)、《抵抗:拉丁美洲诗歌西法双语选集》(2019) 等,后者是 2019 年 11 月 30 日瓜达拉哈拉国际书展的展介书目之一。

Nació en Colombia en 1949. Desde el 2003 ha sido columnista de opinión del *Nuevo Herald*, de Miami *El Colombiano* y el *Nuevo Siglo*. Más de 600 columnas publicadas. Es miembro de la Academia de Historia de Bogotá y la Academia Bolivariana de Colombia. Ha publicado ocho libros de poesía, entre ellos *Caligrafía del Viento* (Editorial Apidama, 2007), *Entre la Lumbre y el Agua* (Editorial Apidama, 2009), *Lenguaje de Maderas talladas* (Universidad Externado de Colombia, 2011). Ha sido seleccionada para participar en diferentes antologías, las más recientes: *Ellas cantan. Antología de poetas iberoamericanos* (Universidad Externado de Colombia, 2019) y *Resistencia. Antología de poesía latinoamericana*, (español-francés, PEN internacional, capitulo Francia, 2019). Se presenta en la Feria Internacional del Libro en Guadalajara el 30 de noviembre del 2019.

死亡与其他危险朋友

死亡
我最忠诚的朋友

确定
如干渴

或太阳
破碎在
我的深渊中

你总在我身旁,
我骨头的
监护人

给我带来影子。

如同
乌鸦侍从
看管我。

你手的按压
让我感到疼痛。
但
有时
——陷入绝望——
我会呼唤你。

De la muerte y otros amigos peligrosos

Muerte
mi más leal amiga.

Segura
como la sed

o el sol
quebrado
en mis abismos.

Siempre a mi lado,
guardiana
de mis huesos.

Me haces sombra.

Como un cortejo
de cuervos
me vigilas.

Presiento el dolor
en tu apretón de mano.
Pero
a veces
—con desespero—
te llamo.

过时

谁还揉面?
没有人。
面包是
超市买的。

谁还做花瓶?
既然花是塑料的

月亮在哪里?
被污染遮住了。

告诉我,你祷告吗?
但是
没人告诉你吗?
上帝死啦!
——尼采证实的。

现在没人祷告,
没人感受,没人思考。

只有时间
在拥挤的公交上睡觉。

你是对的。

我过时了!

我今天才知道。

Pasada de moda

¿Quién amasa pan?
Nadie.
El pan se compra
en el supermercado.

¿Quién hace floreros
si las flores son de plástico?

¿Dónde está la luna?
La polución la ha tapado.

Y dime ¿tú rezas?
Pero,
¿no te has enterado?
¡Dios ha muerto!
—Lo asegura Nietzsche.

Hoy no se reza,
ni se siente, ni se piensa.

Sólo queda tiempo para dormir

en un bus aglomerado.

Tienes razón.

¡Estoy pasada de moda!

Y sólo hoy me he enterado.

木偶

一个地狱的木偶师
是我线绳的主人,
让我演戏
腾舞

不幸的木偶,
活在假装的快乐中。

我创造了响板。

无眼的面具掩盖我的真相。

  在留给我的混乱中
一切都是戏。

Marioneta

Un titiritero infernal

es amo de mis cuerdas,

me obliga a hacer pantomimas

y piruetas.

Infeliz marioneta,

vivo una alegría fingida.

Invento castañuelas.

Un antifaz sin ojos oculta mi verdad.

    En el caos de lo que me queda

todo es teatro.

克里斯蒂娜·玛雅
Cristina Maya

1951年出生于波哥大。毕业于巴黎圣母升天学院,在安第斯大学文哲系获得硕士学位并留校教授哥伦比亚文学及希腊文化。她是哥伦比亚语言学院正式成员及主席团成员、哥伦比亚语言学学会成员、西班牙皇家学院通讯学者,积极参与各项文化活动,并在二十年间持续主办文学座谈会。代表作品有诗集:《站立在生命上》(1999)、《家的声音》(2005)、《伊西斯之梦》(2006)、《时间见证者》(2014)、《书写之火》(2017)等。另有多篇关于哥伦比亚文学及西班牙语美洲文学的文章。因诗歌及文学创作获多项荣誉提名、奖项及称号,如2014年获得席尔瓦之家国家诗歌奖,曾被提名为塞万提斯奖评委等。有诗作被译为英语和葡萄牙语。

Nació en Bogotá en 1951. Hizo sus primeros estudios en el Institut de L´Assomption en Paris. Es Licenciada en Filosofía y Letras de la Universidad de los Andes, donde fue también profesora de literatura colombiana y cultura griega. Viene desplegando una amplia labor en la Academia Colombiana de la Lengua como miembro de Número y de su Mesa Directiva. También forma parte de la Comisión de Lingüística. Es Miembro Correspondiente de la Real Academia Española. Dirige una tertulia literaria desde hace veinte años. Su trabajo poético está recogido en varios libros entre los cuales figuran: *De pie sobre la vida* (1999), *Las voces de la casa* (2005), *El sueño de Isis* (2006), *Los vestigios del tiempo* (2014), *El fuego de la escritura* (2017). Es autora de varios ensayos sobre literatura colombiana e hispanoamericana. En 2014 fue ganadora del Premio Nacional de Poesía de la Casa Silva, ha obtenido menciones de honor y ha sido condecorada en varias oportunidades por su labor poética y ensayística. Fue nombrada jurado del Premio Cervantes. Algunos de sus poemas han sido traducidos al inglés y al portugués.

印记

你到来
像回声震颤
水中蜗牛,大海轻淌,
在时间缝隙里。
当岁月模糊你
你悄然到来。
你会从哪里
翩然出现?并
在我的回忆中
留下不灭的印记。

Huella

Llegas

como la vibración de un eco,

caracol en el agua, leve paso del mar,

por la hendija del tiempo.

Llegas imperceptiblemente

cuando los años te habían desdibujado.

¿De dónde, de qué lugar

emerges vivamente y te impones

como huella indeleble

en mi memoria?

忧伤

夜渐深
树脂的秘密声响
像密林中的一股鲜血,
夜渐深
万籁寂静,只有时间
窃窃低语。
月亮掩盖它的存在
像暗淡的阴影
栖息在枯朽的树枝间,
在大门的黑色枢槽里
在被遗忘的小路上
光线因思念沉没。
翅膀的前奏
宣告了午后的飞翔
随着夜渐深,
我听着暮色的歌,
神秘的低暗声
将梦缠绕在
时间罪恶的织机上
而寂静的幼虫
在迷人的叶间摇动。

Desolación

Crece la noche
en su fragor secreto de resinas,
como un hilo de sangre en la espesura,
crece la noche
sin otra voz que el sordo murmurar
del tiempo.
La luna eclipsa su presencia
y como sombra tenue
se posa entre las ramas desoladas,
en los oscuros quicios de las puertas,
en los senderos olvidados
donde la luz naufraga de nostalgia.
Un preludio de alas
anuncia el vuelo de la tarde
y mientras crece la noche,
yo escucho la canción de los crepúsculos,
la voz oscura del misterio
que enreda sueños
en el telar vicioso de las horas
y mece entre los mágicos follajes,
las larvas del silencio.

长河之爱

爱像无边际的河,
袒露的爱仍在夜的空旷中跳动,
在黑暗的角落,在火焰跳动的庇护所,
在空气扰人的波涛中。
这爱不敢现身,匆匆观察,四处躲藏,
这目光之爱,渴望、愉悦而着迷,
这爱永远等待,忘记了词语,
只重复念出同一个名字。
从远处靠近的爱,阴暗的爱,消逝夜晚的爱。
这爱想象着远方的海,
在群星之夜的、"遥远闪电"的海滩上遇难,
这爱永远缺席,归来又远去:
"我的思念总会回来,像你所有船只中的另外一艘。"
这爱在异国,在混乱的街上游荡。
荒芜之地的爱,死亡的爱。
"用薄荷星星点燃所有血液"的夜晚的爱。
缄默的爱,像刺入皮肤的箭矢,
被关在秘密的停留中,
在永不消逝的春天的杏树林中,
永不退缩的爱,汇入第一股血流

并在卧室的白色床幔间等待的爱。
背叛的爱，激烈的爱，隐秘恋人的爱，
否认的爱，隐藏的爱……
在黑色年历的日期间
永远失去的、永被忽略的爱。
这爱刺痛并伤害我们，
这爱庇护并拯救我们。
长河之爱，
永不停止，
永不停止……

El amor como un río

El amor como un río sin fronteras ni límites,
el desvelado amor que aún palpita en el vacío de la noche,
en el rincón oscuro, en el refugio donde el fuego se aviva,
en la inquietante ondulación del aire.
Amor que no se atreve, que mira de soslayo, que se esconde,
amor de la mirada, que ansía, que deleita y delira,
amor que aguarda siempre, que olvida las palabras,
que solo pronuncia un mismo nombre repetido.
Amor a la distancia estando cerca, amor sombrío, el de la noche extinta.
El que imagina lejanos mares,
naufragado en una playa de noches siderales, "de lejanos relámpagos,"
el siempre ausente, el que vuelve y se aleja:
"Como otra nave entre tus naves, regresa siempre mi nostalgia."
El que divaga en tumultuosas calles, en extranjeros mundos.
El de las tierras desiertas, el de la muerte.
El de las noches con "una estrella de menta que enciende toda sangre."

Amor taciturno, como una flecha hincada en la piel,
aprisionado en la estancia secreta,
en un bosque de almendros donde la primavera nunca muere,
amor que no claudica, el que se vierte en la primera sangre
y aguarda en la alcoba entre los blancos velos.
Amor traicionado, tormentoso, el de los amantes furtivos,
el que se niega, y se oculta...
Amor perdido, ignorado,
por siempre entre las fechas de un oscuro almanaque.
El que nos punza y nos hiere,
el que nos acoge y redime.
El amor como un río,
que no cesa,
que no cesa...

胡里奥·塞萨尔·阿西涅加·莫斯科索
Julio César Arciniegas Moscoso

1951年出生于哥伦比亚托利马省罗维拉镇。2007年以诗集《树的缩写》获得波尔菲里奥·巴尔瓦·雅各布国家诗歌奖。已出版多本诗集,作品被翻译为英语及葡萄牙语,并被收录于多本国内与国际刊物。曾应邀参加秘鲁与墨西哥国际诗歌节。另有五本尚未出版的诗集。他是一位永不停歇的读者,并自称"农民诗人"。

Nació en Rovira, Tolima, en 1951. Ganador del premio Nacional de Poesía Porfirio Barba Jacob en el año 2007 con el libro de poesía *Abreviatura del Árbol*. Es autor de varios libros de poesía. Poemas suyos han sido traducidos al inglés y al portugués. Invitado a festivales de poesía del Perú y México, aparece en antologías nacionales e internacionales.Tiene inéditos cinco libros. Lector insaciable, se autodefine como un campesino poeta.

沙之声

其三

我们收到入场券
前往曙光的另一边
悬于眩晕的意外之物,
不是盐中经过的,
不是燃烧我的你头发的风波
不是你眼中盛下的空间
或你嘴唇的感觉
为了让阴影或生命延续
我们朝着
灵魂与旗帜内部翻卷。

其八

从命运中择出一二
利马[1]由响亮的阴影

---

[1] 秘鲁首都。

和银的最后痕迹的
阴影构成
地平线的目光
湖与尘的广阔表面
破旧的毛料
"炭火上诞生"的国家

其九

我看你,穿过
展开形态的战栗。
你看你,如同
我遗忘在潮汐预言中的东西
如同蓝色树木的延伸,
我看你,在缺席的影子中,
那影子带着回忆,
走向你已经去往的地方,迫近
我再次看你,在深谷中。
在望向悬崖的呼喊声
坠落之地的眼睛中。

Voces de arena

III

Recibimos las entradas
Al otro lado de la aurora
Lo inesperado suspenso sobre vértigo,
Ajenos a lo que pasa en la sal,
Al escándalo de tu pelo quemándome
Al espacio que cabe en tus ojos
O en el sentir de tus labios
Para que dure la sombra o la vida
Volteábamos hacia dentro de las
Almas y de las banderas.

VIII

Uno y otro tomados del destino
Lima estaba hecha de sombras
De la sonora altura
Del último vestigio de la plata
La mirada de un horizonte

La vasta superficie de los lagos y el polvo

La lana pobre

El país "naciendo de las brasas"

IX

Te veo a través del

Temblor que alza las formas.

Te veo igual a las cosas que olvido

A la profecía de la marea

La extensión de los árboles azules,

Te veo en la sombra que falta,

Que va tomando el recuerdo,

Donde te has ido, y ya afuera

Te veo otra vez en el hondo valle.

En los ojos que van donde cae

El grito de los derrumbes.

皮埃达·波耐特
Piedad Bonnett

1951年出生于哥伦比亚安蒂奥基亚省阿马尔菲市。本科就读于安第斯大学文哲系，随后在哥伦比亚国立大学艺术理论与建筑学专业获得硕士学位。已出版八部诗集和数本诗选，此外还是剧作家，并创作了五部小说和一部关于她儿子之死的纪实作品《无名之人》，后者在2016年被西班牙国家报选入"近25年百佳图书"名单。1994年以《日子的丝线》获得由哥伦比亚文化部颁发的国家诗歌奖；2011年以《不求之解》获得西班牙美洲之家诗歌奖；2012年在墨西哥阿瓜斯卡连特斯拉丁世界诗人大会上，因其诗歌创作对西班牙语的贡献而被授予维克托·桑多瓦尔奖；2014年获美洲之家何塞·莱萨马·利马奖；2016年以《居住之地》获西班牙马拉加"二七年一代"文学奖。

Nació en Amalfi, Antioquia, en 1951. Piedad Bonnett es licenciada en Filosofía y Letras de la Universidad de los Andes y tiene una maestría en Teoría del Arte y la Arquitectura en la Universidad Nacional de Colombia. Ha publicado ocho libros de poemas y varias antologías. También es dramaturga y autora de cinco novelas y de un libro testimonio sobre la muerte de su hijo, *Lo que no tiene nombre*, incluido en 2016 por Babelia, España, entre los 100 mejores libros de los últimos 25 años. Con *El hilo de los días* ganó el Premio

Nacional de Poesía otorgado por el Instituto Colombiano de Cultura, Colcultura, en 1994; en 2011, con *Explicaciones no pedidas*, ganó el premio Casa de América de poesía americana de Madrid; en 2012, en Aguascalientes, México, ganó el Premio Víctor Sandoval, dentro del Encuentro de Poetas del Mundo Latino, por el aporte de su poesía a la lengua castellana; en 2014 el José Lezama Lima de Casa de las Américas, y en 2016 el Premio Generación del 27 en Málaga, España, por su libro *Los habitados*.

此世王国

我说的
是那个女孩,她被火毁容
胸脯挺立而甜美,如两扇向光的窗;
是那个盲孩子,母亲向他描述一种色彩,用虚构的词语;
是兔子从未给出的吻;
是手,它们不知道毛毛雨温热如鸟儿的脖颈;
是那个傻子,看着父亲将要下葬的棺材。
我说的是上帝,完美如圆,万能,公正,且明智。

Del reino de este mundo

Hablo

de la muchacha que tiene el rostro desfigurado por el fuego

y los senos erguidos y dulces como dos ventanas con luz,

del niño ciego al que su madre le describe un color inventando palabras,

del beso leporino jamás dado,

de las manos que no llegaron a saber que la llovizna es tibia como el cuello de un pájaro,

del idiota que mira el ataúd donde será enterrado su padre.

Hablo de Dios, perfecto como un círculo, y todopoderoso y justo y sabio.

疤

看似残忍,但没有疤
不涵括美。
它讲述着翔实的故事,
某些疼痛。但也有结局。
疤,是记忆的
接缝。
不完美的结局,以伤害来
治愈我们。是时间
找到的一种方式
让我们永不忘记伤痛。

Las cicatrices

No hay cicatriz, por brutal que parezca,
que no encierre belleza.
Una historia puntual se cuenta en ella,
algún dolor. Pero también su fin.
Las cicatrices, pues, son las costuras
de la memoria,
un remate imperfecto que nos sana
dañándonos. La forma
que el tiempo encuentra
de que nunca olvidemos las heridas.

在边界

可怕的是边界,而非深渊。
临界时
左边有光亮的天使,
右边是漫长的暗河
以及脱轨并冲向沉寂的
火车的轰响
所有
一切临界的颤抖都是降生。
也只有在边界才能看见第一束光
白色的——
在我们胸口生长的白色。
我们永远不会
比边界烧毁我们裸露的植被时更像人类。
我们永远不会更孤独。
我们永远不会更是孤儿。

En el borde

Lo terrible es el borde, no el abismo.

En el borde

hay un ángel de luz del lado izquierdo,

un largo río oscuro del derecho

y un estruendo de trenes que abandonan los rieles

y van hacia el silencio.

Todo

cuanto tiembla en el borde es nacimiento.

Y sólo desde el borde se ve la luz primera

el blanco —blanco

que nos crece en el pecho.

Nunca somos más hombres

que cuando el borde quema nuestras plantas desnudas.

Nunca estamos más solos.

Nunca somos más huérfanos.

玛丽亚·克拉拉·冈萨雷斯·德乌尔维纳
María Clara González De Urbina

1952年出生于哥伦比亚波哥大。已出版七本诗集：《不是星期五》(2014)、《门槛栖居》(2013)、《可见的永恒》(2008)、《遗忘的缓慢工作》(2002)、《风之旅客》(1996)、《时间的切口》(1993)、《内部脉搏》(1990)。著有文论集《萨波特克传统：伊尔玛·皮内达·圣地亚哥与娜塔莉亚·托莱多·帕斯》(2018)、《罗德里格·帕拉·桑多瓦尔〈钱夹相册〉的影像研究》(2017)及《西班牙"二七年一代"中隐形的女性》(2019)。

Nació en Bogotá, Colombia, en 1952. Ha publicado siete libros de poesía: *No era un viernes* (Cuaderno de Poesía 103, Universidad Nacional Colombia, 2014), *Habitar un umbral* (2013), *Eternidad visible* (2008), *El lento trabajo del olvido* (2002), *Pasajeros del viento* (1996), *Corte en el tiempo* (1993), *Pulso Interno* (1990). Ensayos: *Tradición zapoteca: Irma Pineda Santiago y Natalia Toledo Paz* (EILA, Universidad Javeriana, 2018), *Análisis imagológico de "Álbum de billetera" de Rodrigo Parra Sandoval*, (incluido en Cómo informar a Julio Verne, Editorial Universidad Javeriana y Universidad Nacional de Colombia, 2017) y *Las Invisibles de la Generación del 27 en España* (Mo Ediciones, 2019).

唯有隐秘的玫瑰支撑

新月将她连往宇宙,
星星告诉她这次旅程
她的灵魂早在时间之前就已开始。

生命之轮似乎停止了
现实与幻想相去甚远。

飞行好像还是一样
只是展开
伸向一个秘密点
那里高度与深度融为一体。

月球泡沫
和另一处沙子的记忆
寻找的火焰
——生命的庆祝——
点燃帘幔

让帘幔烧尽
让水平静

让火燃烧
让道路扩张

火剑
照料隐形之物。

有白色痕迹在树叶上
在颂歌与湖的山谷中
在午后揭开
最被爱的渴望。

天体
岩石
树木
花
在她周围舞蹈。

树叶
雪花。

超越死亡的那部分
让她记起那些日子
不是她

在"神圣"之地
她在"快乐"中复活香堇菜。

风吹散种子
一个梦推动它们。
草重生
并更新
如同孤鹭。

熬过许多傍晚后
鹭鸟张开翅膀
立于霞光
攀登内心的火焰

她,
纯净的她,
生 长 开 来,
她的飞行让她接近
玫瑰的高度
并知晓了玫瑰幸福的秘密。

在栖居着惊异的门槛上

只有隐秘的玫瑰支撑她

这平静云朵后的光芒从何而来?

像空气一样,她安静而平和
像水一样,她变得透明
像火一样,她蔓延并照亮
她的翅膀展向太阳。
她慢慢到达存在的中心
这深邃而被祝福的中心。

沉默是光的高度。

Sólo la recóndita rosa la sostiene

La creciente luna la conecta al cosmos,
oye a las estrellas contarle de ese viaje
que su alma emprendió antes del tiempo

La rueda de la vida parece detenerse
se distancia la realidad de la quimera.

El vuelo parece ser el mismo
solo que se despliega
hasta el punto secreto
que fusiona la altura y lo profundo.

Memoria de espuma de la luna
y de otra arena.
El fuego de la búsqueda
— celebración de vida —
enciende el velo.

Que el velo se consuma
Que se aquiete el agua

Que la llama arda
Que el canal se expanda.

La espada de fuego
cuida lo indivisible.

Hay huella de blancura en las hojas,
en el valle de cánticos y lagos
que desteje en la tarde
los deseos más amados.

Astros

Rocas

Árboles

Flores

Danzan a su alrededor.

Hoja
Copo de nieve.

Esa parte de sí que trasciende la muerte
le recuerda que sus días
no son ella

En el lugar Sagrado

resucita violeta en la Alegría.

El viento dispersa las semillas

un sueño las impulsa.

La hierba renace

y se renueva

igual a las garzas solitarias.

Después de padecer tantos atardeceres

la garza se despliega,

se funde en arreboles

y escala fuegos interiores.

Ella,

la pura,

c r e c e,

su vuelo la acerca

a la altura de la rosa

y conoce el secreto feliz de los rosales.

En el umbral donde mora el asombro

sólo la recóndita rosa la sostiene

¿De dónde el resplandor tras esa quieta nube?

Como el aire, se aquieta y se serena
Como el agua, se torna transparente
Como el fuego se expande y se ilumina
y las alas se ensanchan para llegar al sol.
Alcanza despacio al centro de su Ser
a ese centro profundo, bendecido.

El Silencio es altura de Luz.

欧亨尼娅·桑切斯·涅托
Eugenia Sánchez Nieto

1953年出生于哥伦比亚波哥大。诗人。1987年取得哥伦比亚国立大学哲学专业学位，1993年取得哥伦比亚波哥大安第斯大学区域发展规划管理专业学位。曾获1984年波哥大奥尔米加出版社国家诗歌奖等奖项。近期出版诗集《可见风度》(2013)、《不可领会》(2017)等。其诗作已被翻译成英语、法语、意大利语及希腊语。此外，她还是哥伦比亚诗歌与短篇小说博客（http://eugeniasancheznieto.blogspot.com/）的运营者。

Nació en Bogotá, Colombia, en 1953. Poeta, título de Filosofa de la Universidad Nacional, 1987. Especialista en Administración y Planeación del Desarrollo Regional Universidad de los Andes, Bogotá, Colombia, 1993. Entre otros reconocimientos: Premio Nacional de Poesía Hormiga Editores, Bogotá, Colombia 1984; Recientes libros publicados, *Visibles Ademanes*, colección Un libro Por Centavos, Universidad Externado de Colombia, 2013; *Lo Inasible*, Editorial Uniediciones, Bogotá 2017. Algunos poemas han sido traducidos al inglés, francés, italiano y griego. Dirige un blog dedicado a la poesía y al cuento colombiano. http://eugeniasancheznieto.blogspot.com/ .

绯红

我梦见一只豹子
睡在我床底
我无法解释它为什么存在
因为没有习惯,我忘了喂它
它越来越虚弱,逐渐死去……
夜里,为了活下来
　　　　　　它很快会发起攻击。

一只潜伏的豹子窥探着我的家
夜晚来临,倾斜身子
门半开着……
撕裂的身体将夜晚涂成绯红

Escarlata

Soñé con un leopardo que dormía
bajo mi cama
era inexplicable el motivo de tenerlo
por falta de costumbre olvidaba darle alimento
debilitado se extinguía lentamente...
en la noche para sobrevivir

                         pronto daría el zarpazo.

Un leopardo agazapado acechaba mi casa
la noche entraba y reclinaba su cuerpo
la puerta entreabierta...
el cuerpo desgarrado pintaba de escarlata la noche.

虚空的模样

大厅里有一架巨大的台球桌

彩色球体

    在绿色平板上滚动

昏暗中沉默的人

踩着缓慢而快乐的舞步

我像一支蜡烛静止观察,烛泪落下

        滴在布上

灯和钟表设计了遗忘的模样

一个男人带着武器

从街上进来,找一个女人

观察他的那个女人缓缓倒下

        额上中了一枪

远处是台球连击的声音

球面闪烁

被持枪者惊吓的人

一个个逃进寒夜

又是一天,在这活着就是奇迹的地方。

Las formas del vacío

Dentro de un gran salón hay una mesa enorme de billar
sus esferas de diversos colores se mueven
        sobre la pizarra verde
en penumbra hombres silenciosos
se desplazan en una danza lenta y alegre
observo detenida como una vela se derrama
                y cae sobre la tela
una lámpara y un reloj diseñan la forma del olvido
desde la calle un hombre
entra armado buscando una mujer
la que lo observa cae lenta
                con un tiro en la frente
el sonido lejano de una carambola
el billar se ilumina
amedrentados por el pistolero
salen uno a uno a la noche fría
un día más donde vivir es un milagro.

雾与梦

未来乘着白色火车出发
几处脚印消失了
　　　　　　　恐惧战栗
生活如破碎的陶罐。

她还很年轻就失去了记忆
它们逐渐消散
　　　　　　她认不出任何人
住在养老院里。

模糊的爱将她带进迷雾
剥离一切，忘记自我
她走过安静的走廊
　　　　　　　　荒废用来微笑的时间
管风琴在早上响起
雾与梦，逝去的不再回来

Niebla y sueño

El porvenir partirá en un tren blanco
las huellas de unas pisadas desaparecen
                el miedo tiembla
la vida como vasija fracturada.

Aún joven perdió la memoria
se extingue lentamente
                no reconoce a nadie
alojada en casa de ancianos.

Un amor incierto la lleva a la niebla
desprendida de todos, olvidada de sí
transita por un corredor silencioso
                el tiempo de la risa se malogró
un órgano suena en la mañana
niebla y sueño la que fue no volverá.

索尼娅·纳德丝达·特鲁古
Sonia Nadezhda Truque

1953年出生于哥伦比亚考卡山谷省布埃纳文图拉市。在西班牙巴塞罗那学习加泰罗尼亚语语言文学，曾在多个出版社担任编辑。已出版诗集《边界》，短篇小说集《另一扇窗》《反常故事》《喜欢太阳的狗和其他故事》等。

Nació en Buenaventura, Valle del Cauca, en 1953. En Barcelona, España, inició estudios de filología catalana y trabajó como lectora en varias editoriales. Es autora de libros, entre los cuales, de cuento: *La otra ventana* (Pijao editores), *Historias Anómalas* (Cooperativa Editorial Magisterio), *Los perros prefieren el sol y otros cuentos* (Uniediciones). Un libro de poemas, *Bordes* (Universidad Nacional de Colombia).

第一人称的弗里达·卡洛

致伊格纳西奥·拉米雷斯

这个房间里,一切都在飘浮
我破碎的身体
从床的边缘被拾起

我看见我的中心长出
巨大的肚子,三根银线
供养三个胎儿
他们为城市听诊

我看到阳光斜照的窗户
看到我破碎的身体
一切从中腾出

乙醚的气味将我催眠
我记得雨
我想看下雨,想雨将我带到河里
想河将我带到河口
并从那里到公海
好让我脱离
对我如此残暴的残酷生活。

Frida Khalo en primera persona

A Ignacio Ramírez

En este cuarto todo flota

mi cuerpo roto

se recoge a la orilla de esta cama

Un vientre enorme veo crecer

de mi ombligo tres cordones de plata

sostienen tres fetos

que auscultan la ciudad

Veo la ventana que soslaya el sol

veo mi cuerpo roto

del que todo fue vaciado

el olor a éter me adormece

recuerdo la lluvia

quiero ver llover y que la lluvia me lleve hasta un río

que el río me lleve hasta un estuario

y desde allí hasta altamar

para desprenderme

de esta vida cruel que tanto se encarnizó conmigo.

奥黛特[1]的思索

在维尔迪兰家
凡德伊小夜曲的夜晚
奥黛特前所未有地美丽
至少
当她坐在他身边
斯万是这么想的

奥黛特,相反地
夜晚
晚餐
小夜曲
维尔迪兰
斯万
总之,一切都让她觉得
生命太过漫长
活这么久已经足够

---

[1] 奥黛特和维尔迪兰都出自普鲁斯特的《追忆似水年华》。奥黛特是斯万的妻子,认识之初两人都频繁出席维尔迪兰夫人家的茶话会。

Las reflexiones de Odette

La noche de la serenata de Vinteuil
en casa de los Verdurin
Odette estaba más hermosa que nunca
Por lo menos
eso fue lo que pensó Swan
cuando ella se sentó a su lado

A Odette, por el contrario
la noche
la cena
la serenata
los Verdurin
Swan
en fin, todo le hacía pensar
que la vida se le estaba prolongando demasiado
que ya estaba bien de tanta vida.

塞隆尼斯·蒙克[1]

在新泽西州
高大的柏树间,是
塞隆尼斯·蒙克的家

蒙克巨大的身体
休息

倚在破旧的沙发上
他最后的威士忌在打盹

白色钢琴
沉寂已久

一百只猫向他嘟囔着
他并没有注意到

到了这个年纪
有什么兹事体大
关乎地球能不能继续转

---

[1] 美国爵士乐作曲家、钢琴家。博普爵士乐创始人之一,大大促进了冷爵士乐的发展。

Thelonius Monk

En medio de altos cipreses,
en New Jersey, está la casa
de Thelonius Monk

El enorme cuerpo de Monk
descansa

Recostado en el raído sofá
dormita su último whisky

El piano blanco
hace tiempo enmudeció

Cien gatos le ronronean
él no se da por enterado

A esta edad
qué puede importarle
si el mundo sigue andando o no.

埃尔南多·格拉·托瓦尔
Hernando Guerra Tovar

1954年出生于哥伦比亚托利马省阿尔梅罗市瓜亚瓦尔区。诗人、作家。2017年获西班牙拉丁美洲懿文学会的达马索·阿隆索奖。已出版诗集《蓝鸟》(1994)、《树的夜晚》(1998)、《盲光》(2004)、《影子攻击》(2007),选集《河流弯曲之处》(2009),个人诗选《光的三联画》(2010)、《我们所剩的时间》(2014)、《火的复燎》(2016)、《悬崖之花》(2019)等。作品收录于诗歌选集《21世纪诗人》《哥伦比亚诗选》,西班牙作家费尔南多·萨比多所编《21世纪全球诗选》,法比奥·胡拉多·巴伦西亚所编《哥伦比亚诗选1931-2011》,米丽安·蒙托亚所编双语选集《21世纪哥伦比亚诗人》等。另有作品见于委内瑞拉杂志《文字》、哥伦比亚杂志《新月》。

Nació en Guayabal, Armero, en 1954. Poeta y ensayista. Premio Dámaso Alonso, Academia Hispanoamericana de Buenas Letras, Madrid 2017. Es autor de los libros de poesía: *Pájaro azul* (1994), *La noche del árbol* (1998), *Ciega luz* (2004), *Sombra embestida* (2007), *En la curva del río* (Antología, 2009), *Tríptico de la luz* (Antología personal, 2010), *El tiempo que nos resta* (2014), *Restauración del fuego* (2016) y *Flor de precipicio* (2019). Incluido, entre otras, en las antologías *Poetas Siglo XXI* de Prometeo, Madrid, *Antología universal de Poesía Siglo Veintiuno* de Fernando Sabido de España, *Poesía colombiana* de Editorial el Perro y la Rana de Venezuela, *Poesía colombiana 1931-2011* de Fabio Jurado Valencia y *Poetas colombianos siglo XXI* Antología bilingüe preparada por la poeta colombiana Myriam Montoya, París 2017; revista *Letralia* de Venezuela, revista colombiana *Luna nueva*.

我家的院子

我深渊旁的房子
在云边
风的领域
悬崖的
超舒适居所

它的院子:鸟的长途飞行

El patio de mi casa

Mi casa sobre la orilla del abismo

al lado de las nubes

territorio del viento

es una comodísima mansión

de precipicios

Su patio: el largo vuelo del pájaro

鸟的独白

我将在这棵树上筑巢
远离扑灭黎明的噪声

远离覆盖翅膀
埋葬梦想
淹没寂静的灰尘

我将在这棵树上筑巢
远离黑夜颤抖的
危险街角

夏天的巢
在这
清风跳跃
景色悬挂着串串间隔的树上

远离街道的树上有家和歌
远离街角
那里踪迹呻吟
飞翔淌血

Monólogo del pájaro

En este árbol construiré mi casa
lejos del ruido que apaga la aurora

Más allá del polvo que cubre las alas
sepulta los sueños
ahoga el silencio

En este árbol construiré mi casa
lejos de la esquina azarosa
donde la noche tiembla

Nido de verano
sobre este árbol en que retoza el viento
y el paisaje cuelga
racimos de distancia

Casa y canto en este árbol lejos de la calle
más allá de la esquina
donde la huella gime
el vuelo sangra

秘密

雾幕将其笼罩,童年的目光将其召唤。河流在石头的声响中一言不发,树木沉寂,群山缄默。无所不知的风也一言不发,因为无人提问,万籁俱静。

Secreto

Una cortina de bruma lo sepulta, una mirada de infancia lo reclama. Nada dice el río en su rumor de piedras, callado el árbol, discreta la montaña. Nada dice el viento que lo sabe todo, porque nadie pregunta y todo calla.

意愿

从残垣中挑选你喜欢的
有蓝色,晴空
为那些梦想天堂的人
那里光无法到达
有绿色,如丛林的腰腹
满是叶子和羽翼
有红色,如刺、一粒尘埃
或一簇火,在每行诗句、所有红酒里
从残垣中挑选你喜欢的
有各种灰色,雾的气息
藏在阴暗某处的黑色
白色荒野
创造了伏天之热的颜色
你可以带走太阳和花的颜色
或许是淡紫、洋红、玫瑰粉
你可以带走月亮和种子的颜色
土地的深色
你可以带走金黄
如晨曦或午后
如成熟的果实

如麦田里起舞的风
从残垣中挑选你喜欢的
只有你知道你苦痛的颜色

Albedrío

De los escombros elige el que te guste
Hay azules, cielo despejado
para aquellos que sueñan paraísos
donde la luz no alcanza
Hay verdes, como el vientre del bosque
colmados de hojas y de alas
Los hay rojos como la espina, la gota de polvo
o de fuego, en cada verso, en todo vino
De los escombros elige el que te guste
Hay variedad de grises olor a bruma
El negro escondido en algún lugar de la tiniebla
El blanco páramo
El que inventa el calor de la canícula
Puedes llevar los colores del sol y de la flor
acaso el lila, el magenta, el rosa
Puedes llevar los colores de la luna y la semilla
los oscuros colores de la tierra
Puedes llevar el amarillo dorado
como el alba o la tarde
como fruto maduro

como ese viento que danza en los trigales

De los escombros elige el que te guste

Sólo tú sabes el color de tu miseria

梅里·约兰达·桑切斯
Mery Yolanda Sánchez

1956年6月30日出生于哥伦比亚托利马省瓜莫市。曾在国立大学教授文学鉴赏和创作课程。积极为青少年、狱中人员和社区居民举办诗歌活动。已出版诗集《居住我的城市》《夜之仪式》《过多的神》《阻碍》；选集《玉米日》《递进》《土地的脸》《唾弃蝴蝶的人》。小说《捷径》获2012年哈维里亚那大学第二届短篇小说大赛荣誉奖，并在2014年出版，于2019年加印新版。此外，还在1987年阿莱霍·卡彭铁尔中心的未出版短篇小说集大赛及1994年第五届赫尔曼·巴尔加斯全国短篇小说大赛中获得荣誉奖。其"表演诗歌"项目获得1998年哥伦比亚文化部的国家基金奖励。

Nació en el Guamo, Tolima, el 30 de junio de 1956. Dictó cursos de apreciación y creación literaria en la Universidad Nacional. Ha orientado talleres de poesía para niños, jóvenes, población de internos en centros carcelarios y habitantes de la calle. Ha publicado los libros de poesía *La ciudad que me habita*, *Ritual para las noches*, *Dios Sobra*, *Estorba*; la antología *Un día maíz*, *Gradaciones*, la selección de poemas *Rostro de tierra* y la Antología Doble fondo *El hombre que escupe mariposas*. En 2012 su novela *El Atajo* recibió mención de Honor en el II concurso de Novela Breve de la Universidad

Javeriana y fue publicada en 2014. Himpar Editores reimprimió *El Atajo* en 2019. Obtuvo mención en concurso El cuentista Inédito del Centro de Estudios Alejo Carpentier en 1987 y en 1994 Mención en el V Concurso Nacional de Cuento Germán Vargas. Fue beneficiada con la Beca Nacional 1998 del Ministerio de Cultura por su proyecto Poesía en Escena.

拉撒路的两日

那日,他在司法处咆哮
火焰燃烧他的鼻头。
他嗅见排队的人都转移到
街角的瞎房子里,
阅兵的队尾
在那里多次摆过。

那是星期五,站台的老狗拉撒路
进入餐厅被逮捕,
他最不想要的就是一份
证明他是人的文件。
现在所有人都看着他,指着他
警告他,潜在的判决,
他寻找自己的尾巴
和留下痕迹的两只爪子

他画押
哭泣,需要一个拥抱。
他哭泣,画押,找一条手帕,
画押,哭泣,乞求一个吻。

陪着他的男人
像他以前一样哼叫。
拉撒路只哭泣并画押。

眼中带雾的狗
在木栅栏内抓挠

外面在宣读清单,没有听见拉撒路的名字。

Dos días para Lázaro

El otro día, en la Casa de Justicia ladró
cuando las llamas le quemaron el hocico.
Olió a los que en fila fueron trasladados
a la casa ciega de la esquina,
donde muchas veces batió la cola
en desfile militar.

Es viernes, el viejo Lázaro perro de andén
entra a un restaurante y es retenido,
lo que menos quería era que un expediente
le confirmara ser hombre.
Ahora todos le miran, le señalan,
le hacen advertencias, posibles condenas,
él busca su cola
y las dos patas que dejaron como huellas.

Firma,
llora y necesita un abrazo.
Llora, firma y busca un pañuelo,
firma, llora y pregunta por un beso.

El hombre que le acompaña

gruñe como él lo hacía antes.

Lázaro sólo llora y firma.

La perrita de humo en los ojos

escarba al otro lado de los barrotes.

Afuera leen las listas, Lázaro no se escucha.

舞

歌女们穿过黑暗的街道,埋葬喧嚣的马。你在那里,倒在垂直于墙壁的座位上,看着折刀的队伍经过。盖着一张脸的布掉了下来,也许是唱出蜡烛的行进的那张脸。在队列的舞蹈中,你用尖叫的服装把眼泪擦干。你和画布上的舞者,在杏仁树的记忆中,在赤脚孩子的轻快脚步中,他们笑着、跳着,不用担心踩出巨响。

El baile

Las cantaoras atraviesan la calle de la oscuridad y entierran los caballos del ruido. Y tú ahí, caído, en un asiento perpendicular a la pared ves pasar el cortejo de las navajas. Cae la tela que cubre un rostro, tal vez el mismo que vocaliza la marcha de las candelillas. Secas tu llanto con las prendas de los gritos en la coreografía de hombres alineados. Estás en la memoria del almendro, con bailadores en el lienzo, en la liviandad de niños descalzos que ríen y saltan sin temor a pisar un estruendo.

易于实行

关于她,人们告诉你不知为何她离家就会摘下手表。蛞蝓落在皮肤上。时间于她是棍击,持续了六年,每年十三个月。收音机里落下闪电和火花。人们告诉你她一开始想要器物,掌控者笑了。河流在锁住丛林的阳光的阴影中摇曳。他们用各种形容词称呼她,直到失去平衡,直到幸福成为加害者所剩生日的蛋糕上的鸡爪。人们忘了告诉你,在最后一幕中她挣脱了束缚,观众并不喜欢。

De fácil aplicación

De ella te contaron que nunca supo por qué al salir de su casa se quitó el reloj. Llueven babosas en la piel. Que su tiempo fue el garrotazo que duró seis años de trece meses. Caen rayos y centellas en la radio. Te dijeron que al comienzo preguntó por utensilios y el comandante rió. Se sacude el río en las sombras del sol que cierra la selva. Que la llamaron con varios adjetivos hasta perder el equilibrio y que felicidad fue una pata de gallina en la torta de cumpleaños sobrados de los victimarios. Olvidaron decirte que en la última escena ella se soltó de los ataderos y al público no le gustó.

纳纳·罗德里格斯·罗梅罗
Nana Rodríguez Romero

1956 年出生于哥伦比亚通哈市。哥伦比亚教育科技大学哲学与人文学院教师兼研究员。已出版作品：《微小说理论要素》《突变之页》《与天使抗争》《时间之味》《盲屋及其他》《镜林》《蝴蝶效应》《键盘之肤》《荒漠采摘季》《胡安安东尼奥》《旧日秩序》《无尽彗星》《星盘》《元素》等。另有作品见于各国出版的选集，如西班牙的《象棋故事：棋盘旁》，阿根廷的《好的两次：拉丁美洲微小说》，墨西哥的《去马戏团吧：哥伦比亚微小说》《哥伦比亚短篇小说集 2》等。2002 年获得哥伦比亚文化部海外艺术公寓项目基金。2008 年获西罗·门迪亚国家诗歌奖。

Nació en Tunja en 1956. Profesora e investigadora de la escuela de Filosofía y Humanidades, Universidad Pedagógica y Tecnológica de Colombia. Entre sus obras de poesía y minificción publicadas están: *Elementos para una teoría del minicuento, Hojas en mutación, Lucha con el ángel, El sabor del tiempo, La casa ciega y otras ficciones, El bosque de los espejos* (Antología de poesía, Colección Viernes de poesía, Universidad Nacional No. 9), *Efecto mariposa, La piel de los teclados, Vendimias del desierto, Juanantonio, El orden de otros días, La cometa infinita, El astrolabio, Los elementos*. Sus minificciones han sido publicadas en antologías de España: *Cuentos de ajedrez: Alrededor de un tablero* (Editorial Páginas de espuma); Argentina: *Dos veces bueno: Cuentos brevísimos latinoamericanos* (Editorial Desde la gente); México: *Vamos al circo: La minificción en Colombia* (UPN), *Segunda antología del cuento corto colombiano* (UPN). Becaria del ministerio de Cultura en el programa Residencias artísticas en el exterior 2002. Ganadora del Premio Nacional de poesía Ciro Mendía, 2008.

水井

不知道自己在寻找什么的人
永远也找不到。
知道自己在寻找什么的人,
只能找到所寻找的东西。
——戈斯塔·阿格伦[1]

孩童时,我们看着家里
石板遮盖的水井,它的深度使我们不安
我们齐心协力发现了它
我们点燃慢慢烧光的纸张
让自己陷入黑暗和疑虑
于是我们焦急地通过扔石头来计算
跌落的时间,眼中有眩晕
最后听到地下水的撞击声

岁月流逝,井还在我心中,深处
石头落啊落,大火没有揭露秘密

---

[1] 戈斯塔·阿格伦(Gösta Ågren,1936-2020),芬兰诗人。

唯一确定的是这些词语
它们同样在虚无的土地上死去，孩子们
在井沿行进
我的心是被风吹动的巢

El aljibe

El que no sabe
lo que busca, nunca podrá
encontrarlo. El que sabe
lo que busca, encontrará
solo eso.

—Gosta Agren

Cuando éramos niños mirábamos el aljibe de la casa
cubierto por una laja, inquietos por su profundidad uníamos
nuestras pequeñas fuerzas para descubrirlo
y encendíamos hojas de papel que se consumían
para dejarnos en la oscuridad y en la duda,
entonces lanzábamos piedras para calcular ansiosos
el tiempo de caída, con un vértigo en los ojos
y al final escuchar el impacto en el agua subterránea

Los años han pasado y el pozo sigue en mí, profundo
las piedras caen y caen, el fuego no devela sus secretos
la única certeza son estas palabras que también morirán en
tierras de la nada, los niños se han marchado
en la cornisa del aljibe
mi corazón es un nido movido por el viento

猫

猫睡觉,它从身上关掉
梦中不存在的二十个小时
而我的灵魂在午后监视着它
我在它不再眨动的眼前停住
思考奥秘是否就在这绿色的宁静中
在它运动的完美对称中,
你或许像漫步在古埃及的宫殿
或像芭蕾舞者踩动深渊的脚步……
你知道捕获战利品的夜晚
或宗教裁判所的篝火吗
当尸体是天空下熄灭的炭火
你了解我什么,当你沉默地触摸我
并在我手掌下像皮肤的交响乐一般弓身?

Gato

El gato duerme y se cierra sobre sí mismo
el tiempo no existe para su sueño de veinte horas
mientras mi alma lo observa en la vigilia de las tardes.
Me detengo ante sus ojos que no parpadean
y pienso si el misterio está en esa quietud verde
en la perfecta simetría de su movimiento,
quizá deambulas por palacios del antiguo Egipto
o pisas como una bailarina las huellas del abismo...
¿Acaso sabes de la noche de los despojos
o las hogueras de la Inquisición
cuando los cuerpos eran brasas que se extinguían bajo el cielo?
¿Qué sabes de mí, cuando me rozas en silencio
y te arqueas como una sinfonía de piel bajo mis manos?

沙

时间是沙丘的一种景观
今天的沙子已经不像
昨天,聚拢起来就是
时刻的集合。
细沙进入我的眼睛
欲望和思维的持续
忽略了某天下午咖啡馆里盛开的一枝花
当声音在未来秘密的属性前
染上忏悔的语调。
相遇之界坐落在
阳光照拂的沙丘浪尖上
在风将它摧毁前,在先于死亡的确定性前,
享受是唯一要务。
因此,
有何意义浪费鲜血去做无用之功
积蓄廉价财宝和拥抱虚无?

Arenas

Un paisaje de dunas es el tiempo
las arenas de hoy no guardan la semejanza
con el ayer, que reunidas suelen ser el conjunto
de todos los instantes.
La fina arena entra en mis ojos
esa persistencia del deseo y la mente
no deja ver la pequeña rama que florece en el café de una tarde
cuando las voces adquieren el tono de la confesión
ante la inmanencia secreta del porvenir.
El reino del encuentro yace en la onda que se dibuja
sobre las crestas de los médanos tocados por el sol
el goce es su único imperativo antes de la devastación del viento
antes de las certezas que anteceden la muerte.
Entonces,
¿qué sentido tiene desperdiciar la sangre en faenas inútiles
en acumulación de bisutería y abrazos al vacío?

奥列塔·洛萨诺
Orietta Lozano

1956年出生于哥伦比亚卡利市,曾任市立图书馆馆长。已出版诗集《沉默连祷》《世纪之伤》《光的遗嘱执行者》《深渊之光》《水阶》《球面》《爱的选集》《被等待的吸血鬼》《镜子的记忆》《秘密之火》;小说集《发光》;论文集《阿莱杭德娜·皮扎尼克》。作品被译为英语、法语、意大利语。曾以《被等待的吸血鬼》获爱德华多·科特·拉姆斯国家诗歌奖。

Nació en Cali, Colombia, en 1956. Ha sido directora de la Biblioteca Municipal de Cali. Su obra incluye poesía, narrativa y ensayos literarios. Libros publicados: *Letanía del silencio*, *La herida de los siglos*, *Albacea de la luz*, *Resplandor del abismo*, *Peldaños de Agua*, *El Solar de la Esfera*, *Luminar* (novela), *Antología Amorosa*, *Alejandra Pizarnik* (ensayo), *El Vampiro Esperado*, *Memoria de los Espejos*, *Fuego Secreto*. Parte de su obra ha sido traducida al inglés, francés, italiano. Obtuvo el Premio Nacional de Poesía Eduardo Cote Lamus, con su libro de poesía *El vampiro esperado*.

雨的祈祷

我曾穿过苦难之桥的距离

在鸡蛋花的光中触摸自己的脸

想起我古老翅膀的收束

读懂了宁静的忧郁之光。

离虚空一步之遥的地方

影子离开我的躯体

寂静之手接纳我,

我的名字失落在

眼泪的雨中。

在黄昏的日落中

我蜉蝣般两次舞动

我的痛苦之光。

在撕扯下也曾有屈服,

怀着救治敌人的怜悯

和属于寂静的安宁

我曾对守护的天使低语

徒劳等待他祈祷的光辉,

于是我卷起忧郁

像虫子卷起节与节之间的光。

树林广袤

一片完美宁静中的叶子
向我们指定了白日将尽。
甜蜜的等待剥去了我的脸。

Plegaria de la lluvia

Atravesé la distancia del afligido puente
palpé mi rostro sobre la luz de los jazmines
recordé el plegarse de mis antiguas alas
y comprendí la luz serena de la melancolía.
A un paso del vacío
la sombra se separa de mi cuerpo
las manos del silencio me reciben,
mi nombre se perderá
en las lágrimas de la lluvia.
Sobre el ocaso del crepúsculo
danzo efímera
dos veces el fulgor de mi dolor.
Con la piedad que cura al enemigo
y la inseparable quietud del silencio
hubo la rendición ante el desgarro,
susurré a mi ángel de la guarda
y esperé en vano el resplandor de su plegaria,
entonces arrastré la melancolía como
un gusano arrastra la luz de sus anillos.
Ante la inmensidad del bosque

una hoja en su magnífico reposo

nos designa la finitud del día.

La dulce espera me despojó del rostro.

夜的居所

受伤的夜晚像破碎的冰花,
到达上帝怀抱的夜晚
就连石头也仿佛在流血。
无父无母的夜晚像一个小女孩
玩着照亮街道黑暗的小灯,
孤独地玩着,乞求甜美的陪伴。
徘徊的夜,带着苹果血的味道,
回到樱桃园,
成为针,以便进入梦境的丝线。
悔罪的夜晚被锁在阁楼,变得古老
勾画着被遗忘的天使。
赤裸的夜晚像无人关注的石头坠入虚空
当她成为人类的时候,她用被遗忘的名字标记了门,
摘下面具,古老的脸庞颤动。
颤抖的夜晚手指冻僵
在疼痛背上的冰凉大衣上发抖。

El solar de la noche

La noche herida como una flor de hielo que se rompe,

noche que alcanza los brazos de Dios

y hasta parece que las piedras sangran.

La noche huérfana que juega como una niña con sus lamparitas

a alumbrar las tinieblas de las calles,

solitaria juega implorando una dulce compañía.

La noche titubeante que regresa al jardín de los cerezos,

se vuelve aguja para entrar al hilo de los sueños

y tiene olor a sangre de manzana.

La noche penitente que se encierra en el ático y se hace antigua

tanteando el ángel olvidado.

La noche desollada que cae al vacío como una piedra desamparada

y cuando se hace humana marca las puertas con los nombres olvidados,

retira su máscara y su rostro viejo tiembla.

La noche temblorosa con sus deditos congelados

tirita sobre un frío abrigo en la espalda del dolor.

蓝得发紫

这是恩典最明亮的形式,

穿透虚无空洞的圆,

石头纤细的曲线,

洞穴巨大的深度。

披着丢失的

长袍。

这次将要去往边界

那里没有命名上帝。

明亮之日里的橙花

在遗忘的影响下

唤醒了她。

浓稠的愤怒之水,

七彩的欲望之水,

死月亮的僵硬之水,

沼泽里的循环与蒸气之水

在刀的预兆间

逃离并消散;

在手间等待的

暗得接近白色的水,

隐藏并沉淀的

恐惧之水，
倾斜罪恶的水，
荆棘记忆的水，
寂静的脸上
隐忍的水，
镜面文字上
盲目的水；
清洗伤口的水
修复的水，
拥抱并形成
身体的形状，
死亡的重量。

Azul casi púrpura

Es la más luminosa forma de la gracia,

penetra la redondez vacía de la nada,

la grácil curva de la piedra,

la hondura feroz de la caverna.

Cubierta con su túnica

larga y extraviada.

Esta vez irá

por los confines

donde no se nombra a Dios.

El azahar de un día luminoso

la ha despertado

bajo el influjo del olvido.

Agua densa de la ira,

irisada agua del deseo,

yerta agua de la luna muerta,

agua circular y vaporosa del pantano

que se fuga y se borra

entre el presagio de un cuchillo;

agua oscura casi blanca

que espera entre las manos,

agua del temor que se esconde

y precipita,

agua de la oblicua culpa,

de la memoria de la espina,

agua sorda sobre el rostro

del silencio,

agua ciega sobre la escritura

del espejo;

agua que lava las heridas,

que repara,

que abraza y configura

la forma de los cuerpos,

el peso de la muerte.

维克多·洛佩斯·拉切
Víctor López Rache

1958年出生于哥伦比亚博亚卡省。已出版作品《异乡的雨》（2019）、《原子的风景》（2018）、《否认时间》（作品选，2016）、《醒来之前》（作品选，2013）、《向前的梦》（诗选，2009）、《没有镜子》（2000）、《家》（1992）、《光的另一岸》（1985）等。其中，以《没有镜子》获得国家新世纪诗歌风貌奖，以《家》获得波哥大市诗歌奖。此外，还曾获得1990年哥伦比亚走读大学诗歌奖。2012年入围第二届"洞穴"杯全国小说奖终选；1998年入围第四届弗朗西斯·A.纽厄尔全国短篇小说大赛决赛；1987年入围佛罗伦萨市拉丁美洲短篇小说大赛决赛。

Nació en Boyacá, Colombia, en 1958. Estas son algunas de sus publicaciones: *Lluvia extranjera* (2019), *Los paisajes del átomo* (2018), *Negando el tiempo* (antología, 2016), *Antes de despertar* (antología, 2013), *Sueños adelante* (selección poética, 2009), *Sin espejos* (Premio Nacional de Poesía Imaginación para un nuevo milenio, 2000), *La casa* (premio nacional de poesía Ciudad de Bogotá, 1992), *Otra orilla de luz* (1985). También obtuvo en 1990 el premio de poesía Universidad Externado de Colombia. Finalista en el II Premio Nacional de Cuento La Cueva 2012. En 1988 fue finalista en el IV concurso nacional de cuento Francis A. Newall y en 1987 en el II concurso latinoamericano de cuento Ciudad de Florencia.

阿莉西亚

如果你想抛弃在钟前停步的人群
带上阿莉西亚
你将穿过透明的界限和墙。
如果虚无中,眩晕的惯常节奏让你苦恼
阿莉西亚的小点子
将建立城市,
魔法与亲吻的颜色变幻时
硬币上的塑像将再次变成人类。

你的手在那里,想伸长处死太阳,
停下它!
在人生的某个时刻,我们都属于阿莉西亚。
如果你没感觉到皮肤下阿莉西亚的脚步声,
记住了,它可能会突然出现。
怀着如同梦境引诱夜晚的耐心
玩弄着邪恶的品德,你会睡着在秘密的花园里,
然后在你体内
数学的痛苦将是持续的乐趣。
永远不要忘记阿莉西亚。
有了她
受奴役的时间将从窗户放走鸟儿。

Alicia

Si deseas abandonar la multitud detenida en el reloj
lleva a Alicia
y cruzarás el límite de la transparencia y la pared.
Cuando en el vacío te angustie el habitual ritmo del vértigo
las pequeñas ocurrencias de Alicia
fundarán ciudades,
y mientras cambia el color de la magia y de los besos
las efigies encerradas en las monedas volverán a ser hombres.

Tu mano allí querrá alargarse para ajusticiar el sol,
¡déjala!,
todos somos poseídos por Alicia en algún instante de la vida.
Si no has sentido bajo tu piel los pasos de Alicia,
recuerda que puede aparecer de repente.
Con la paciencia que el sueño seduce a la noche
jugando a las virtudes del mal te dormirás en secretos jardines
y entonces en tu cuerpo
el dolor de las matemáticas será un constante deleite.
Nunca olvides a Alicia.
Con ella
el tiempo del esclavo suelta un pájaro por la ventana.

冒险线

跑过不知多少里的流放路
火车未经我目的地的许可便靠站,
一动不动,开始鸣笛和摇晃,
而乘客
不顾车站里有人梦到他们,
为开启这次旅行而跳起来请求原谅。

为了永远不回到这条冒险线上
贪婪的双手打开隧道,
扶起沙塔
到了晚上,如果古代精灵的脸被认出是刽子手的情人,
心灵便袒露奇迹。

厌倦了等待停留在未来的财富
我在这房间中寻找宁静的生活,
但唯一之象[1]的气息来到这里
我的眼睛害怕宗教裁判所

---

[1] 原文首字母大写,"唯一之象"应指《圣经·创世记》中神"照着自己的形象造人"。

在天使的意识中留存的紫烟。

当我的身高在天空的引力中停止
我想回到那棵树
我孩童的眼睛曾在无尽的边界中看到它，
但充满恐惧
我看到暴怒火车的双轨如何交汇。

La línea de la aventura

Recorridas no sé cuántas millas de destierro
el tren abordado sin permiso de mi destino,
inmóvil, comenzó a silbar y a estremecerse,
y los pasajeros
ignorando la estación donde alguien los soñaba
saltaban pidiendo perdón por haber iniciado el viaje.

Para nunca volver sobre la línea de la aventura
las manos insaciables abrían túneles,
enderezaban torres de arena
y en la noche los corazones se confiaban sus milagros
si los rostros de las antiguas hadas se reconocían amantes
de los verdugos.

Fatigado de esperar la fortuna detenida en el futuro
en este cuarto busqué una vida sosegada,
pero aquí llegó el aliento de la Única Imagen
y mis ojos temieron al humo púrpura que la inquisición
guarda en la conciencia de los ángeles.

Al detenerse mi estatura bajo la gravedad del cielo
quise regresar a ese árbol
visto por mis ojos de niño en el límite del infinito,
pero con horror
vi como se unían las paralelas del tren enfurecido.

卢斯·埃莱娜·科尔德罗·比利亚米萨尔
Luz Helena Cordero Villamizar

1961年出生于哥伦比亚布卡拉曼加。心理学家,文学硕士。作品包括诗歌、小说、报道及文论。已出版作品:《用眼睛听我》(1996)、《杀死恐惧的歌》(1997)、《桥正倾塌》(1998)、《缺席的天空》(2001)、《词语艺术》(2009)、《记忆明信片》(2010)、《地摊文学》(2019)、《阴影的回声》(2019)等。

Nació en Bucaramanga en 1961. Psicóloga, Magistra en Literatura. Su obra incluye poesía, narrativa, crónicas y ensayos literarios. Libros publicados: *Óyeme con los ojos* (Ciudad de México: Verdehalago, 1996 y Bogotá: Editorial Trilce, 1996), *Canción para matar el miedo* (Bogotá: Editorial Magisterio, 1997), *El puente está quebrado* (Bogotá: Editorial Magisterio, 1998), *Cielo ausente* (Bogotá: Ediciones Sociedad de la Imaginación, 2001), *Por arte de palabras* (Bogotá: Universidad Externado de Colombia, 2009), *Postal de la memoria*, (Ibagué: Caza de Libros, 2010), *Pliegos de cordel* (Bogotá: Domingo atrasado, 2019), *Eco de las sombras* (Bogotá: Editorial Exilio, 2019).

成为石头

我是石头。
在石中我贴合、休憩、居住、砸碎自己,
我弯曲、倾斜、流溢、烦恼。
我不怕闪电、刀和叫喊。
风和风之马匹的否定,
叶子的妒忌,
水的诱惑,它的玩具。
冒犯的例子,
冷酷的准确性,
死亡落败的身体。
我是因你而幸存的房子,
你踩过的泥土,
噩梦及其回忆,
停止的河,
你胆怯穿过的时间,
缄默的,压在你的腹部,
花枝的断点,
土地无声的歌,
谜,废墟,威胁。
我是触犯了圆的形状,

线条的痛苦，
在疼痛中损伤又生长的边沿，
卖弄学问，战胜野兽的利爪，
不腐的，照亮她石膏的心脏
悼亡者及其影子所呼求的。
我并未努力成为石头
四面八方我都是石头。
只有美能让我破碎。

Ser piedra

Piedra soy.

En piedra me conjugo, me solazo, me habito, me trituro,

me quiebro, me decanto, me vierto, me acongojo.

Soy la que no teme al rayo, al cuchillo, al grito.

La negación del viento y sus caballos,

la envidia de la hoja,

la tentación del agua, su juguete.

El ejemplo que ofende,

la fría certidumbre,

el cuerpo donde fracasa la muerte.

Soy la casa que te sobrevive,

el barro que pisaste,

la pesadilla y su recuerdo,

el río detenido,

la hora que atraviesas, temeroso,

lo que callas y te pesa en el estómago,

el punto de quiebre de la flor,

el canto mudo de la tierra,

el enigma, la ruina, la amenaza.

Soy la forma que ofende al círculo,

la agonía de la línea,

el borde que lastima y crece en el dolor,

la pedante, la que vence las uñas de la fiera,

la incorrupta, la que luce su corazón de yeso

por el que claman los dolientes y sus sombras.

No me afano en ser piedra

y soy piedra por todos los costados.

Solo la belleza me fragmenta.

一只猫跟着另一只

一只猫跟着另一只,记忆延展

缠绕着它爪上的棉花,

被温和抚过的弹性骨骼,

和从脖颈向下

穿过脏腑和思想的呼噜声。

这些风的生物,毛发鲜亮,

没有它们不曾过夜的

阴影和角落。

它们的眼睛是世间难有的晶体

查探过羞愧和微笑,

在做与不做的来去间

它们的尾巴测量过所有恐惧

当它们惊慌爬上房顶

好像逃避着

我们气息中显露出的什么。

星星

    托比

    阿尔基

        小漂亮

      公主

　　　　雪……

不是猫的名字。

一种形式，配合刀与爱抚，

寂静和无助，求爱和逃跑。

它们继续在废墟里寻找食物，

尿湿家具，床，

圣母的脸，厨房。

它们用气味宣战，

在黎明时要求喂食，

是我们

翻动所有角落的借口。

它们占领我们，打扰我们，

它们弄脏伤口，

拯救我们，让我们不会往下掉

当我们即将沉没

在喵喵的叫声中。

Un gato sigue a otro

Un gato sigue a otro

y el recuerdo se estira

y se enreda en los algodones de sus patas,

en los huesos elásticos de tibio manoseo,

en ese ronroneo que viene bajando por el cuello

para atravesar la víscera y el pensamiento.

No hay sombras ni recovecos

en donde no hayan pernoctado estos seres

de aire y pelo rutilante.

Sus ojos de cristal imposible

han escrutado la vergüenza y la risa,

todo temor ha sido medido por sus colas

en un ir y venir de lo hago no lo hago

y cuando se encaraman al techo en estampida

es como si huyeran de algo

que aflora en nuestro aliento.

Lucero

    Tobita

    Archi

        Mono

        Princesa

              Nieve...

no son nombres de gatos.

Son esa forma de conjugar cuchilla y caricia,

silencio y orfandad, cortejo y huida.

Entre ruinas siguen buscando su comida,

meando los muebles, las camas,

la cara de la virgen, la cocina.

Ofenden con sus olores,

reclaman su ración de madrugada

y son nuestra excusa

para seguir hurgando en los rincones.

Nos ocupan, nos perturban,

se cagan en la herida,

nos rescatan y no nos dejan caer

cuando estamos a punto de sumirnos

en un hondo maullido.

他们从虚无中出现

他们从虚无中出现

透过窗户查探。

带着遗憾的衣物,

流浪的脚

从鞋底露出,

额上有深深的皱纹,

关于灰烬和遗弃的故事。

屋里的乞讨者

露出疤痕、刀子、

气候变化图、

抱怨和饥饿的狗、

袋装的面包屑、

侮辱、隐藏的恐惧。

他们索要一句问候、一个名字、

一面镜子。

有人偷走了他们的裸体。

Ellos surgen de la nada

Ellos surgen de la nada
para escudriñar por las ventanas.
Vienen con sus atavíos de pena,
con sus pies errabundos
que asoman por las suelas,
tienen hondos surcos en la frente,
historias de ceniza y abandono.
Los mendigos de la casa
exhiben cicatrices, cuchillos,
mapas de la intemperie,
quejas y perros hambrientos,
costales de migajas,
insultos, el miedo encaletado.
Reclaman un saludo, un nombre,
un trozo de espejo.
Alguien les robó su desnudez.

古斯塔沃·塔提斯
Gustavo Tatis

1961年出生于哥伦比亚科尔多瓦省萨哈贡市。自1984年以来一直担任《环球报》的新闻记者。已出版诗集和叙事作品集《风的所有形式》(2010)、《欲望部落》(2017)、《梦想宝藏的人》(2019)。诗作被收录于多本选集,包括《哥伦比亚与墨西哥当代诗选》(2011)、《梦想之国:哥伦比亚百年诗选葡语版》(2012)、《阿拉伯语哥伦比亚诗选》(2014)。1992年获"西蒙·玻利瓦尔"国家文化新闻奖,2003年获"阿尔瓦罗·塞佩达·萨穆迪奥"新闻奖。作品《魔术师的黄花》记述了他与加西亚·马尔克斯的相遇,入围2020年哥伦比亚图书馆叙事类作品比赛终选。

Nació en Sahagún, Córdoba, en 1961. Es cronista del diario El Universal desde 1984. Ha publicado numerosos poemarios y obras narrativas, entre las cuales: *Todas las formas del viento* (2010), *La tribu de los deseos* (2017) y *El soñador de tesoros* (2019). Poemas suyos aparecen en varias antologías, entre ellas: *Antología de Poesía Contemporánea de Colombia y México* (2011), *Un país que sueña: Cien años de poesía colombiana al portugués* (2012), *Poesía Colombiana al Árabe* (2014). Ganó en 2003 el Premio de Periodismo "Álvaro Cepeda Samudio". Ganó el Premio Nacional de Periodismo Simón Bolívar en el área cultural, en 1992. Su libro *La flor amarilla del prestidigitador* que narra sus encuentros con García Márquez, fue Finalista en el Premio Biblioteca de Narrativa Colombiana 2020.

巫术

我想让你知道诗歌可以治愈你
　　像森林里的花与树根
像原始丛林中的那些秘密
　　可以治愈你所感受到的
　　超越你的痛苦
　　诗歌是一种巫术
　　　　　　　　　一道护身符
　　让你的孤独闪耀
　　　　　　　　在我双手的深渊

Ensalmo

Quiero que sepas que el poema puede curarte
   como esas flores y raíces del bosque
Como esos secretos de la selva virgen
   puede sanarte ese dolor que sientes
   más allá de ti
   El poema es un ensalmo
                   un talismán
   para que tu soledad resplandezca
                   en el abismo de mis manos.

翅膀的故事

我们每个人都有失去的翅膀的影子

事实表明,所有人类最初都是鸟。

没有证据显示他们在哪天永远地失去了翅膀。

有人认为这是惩罚

因为他们认为自己比所有鸟类更鸟类。

一种不幸,让人

在地上游荡

匍匐如一条蜥蜴。

当人类看到一只鸟

展翅翱翔,扇动他

还是一只鸟时的记忆,他买笼子

囚禁

他失去天空那日的记忆。

Historia de unas alas

Cada uno de nosotros tiene la sombra de las alas que perdió.

Está claro y comprobado que todo hombre al principio, era un pájaro.

No hay testimonios del día en que perdió para siempre sus alas.

Algunos creen que fue un castigo

por creerse más pájaro que todos los pájaros.

una desgracia para que vagara

y arrastrara por la tierra como un lagarto.

Cuando el hombre ve a un pájaro

en pleno vuelo le aletea el recuerdo

de cuando era pájaro y compra jaulas

para aprisionar el recuerdo

del día en que perdió el cielo.

航海者的炼金术

那些能用目光把尘土变成黄金的人[1]
——哈菲兹

他流放之地的风中尘土
知晓一种远方的金,就像日落前的金色
在预示洪水的雨中甜蜜迷失的金色
在沉睡处子的头发中迷失的金色
没人知道正被注视着的
是否曾在亚当紫水晶的黄昏中存在

船仍会漂浮在海上

陆上的航海者将看见渐增的缺席上飘浮的尘土
目睹消失的事物上金子闪耀

---

[1] 出自波斯诗人哈菲兹的一首抑扬格五音步四行诗。根据一份残卷,全诗如下:"那些能用目光把尘土变成黄金的人,/他们能否从(他们的)眼角也看我一眼?/减轻我的痛苦,让我躲开自命不凡的医生。/愿他们无形的珍宝能治愈(我)。"哈菲兹使用"点金术"的比喻来形容一个人痛苦而殷切的期盼,他希望见证真主的王国,看到世俗的尘埃在那里变成金子般光芒耀眼的天堂。

在向天际行进的生物里
在天空中最后一次看见海洋的预言
迷醉鸟儿方向的
人鱼绝美而黑暗的歌
感受镜子的光芒
风的玫瑰
孔雀的金瞳
港口黄色沙砾的乡愁

仅凭一个生命不足以
在尘土中找到黄金
浪潮中新生的星辰
而那巴比伦的天使
雕刻的木船
在岸边
即将启程。

Alquimia del navegante

Aquel que convierte en oro el polvo sólo con su mirada.
—Hafiz

Y el polvo del aire en su destierro
ha conocido un oro remoto como el dorado que antecede al ocaso
dorado dulcemente perdido en las lluvias que anunciaron el diluvio
dorado perdido en los cabellos de una doncella dormida
nadie sabrá si lo contemplado ha sido vivido
bajo el crepúsculo amatista de Adán

La barca aún flotará en el mar

El navegante en tierra mirará el polvo sobre las ausencias acumuladas
y verá el brillo del oro en las cosas que desaparecieron
y en los seres que marcharon a la orilla celeste
contemplará en el cielo los vaticinios del mar por última vez

el finísimo y oscuro canto de las sirenas

que embriagará el rumbo de los pájaros

y sentirá el destello de los espejos

la rosa de los vientos

el ojo dorado de los pavorreales

la nostalgia de las arenas amarillas en el puerto

No será suficiente una sola vida

para encontrar el oro en el polvo

las estrellas recién nacidas entre las olas

y esa barca de madera tallada

por los ángeles de Babilonia

en la orilla

a punto de partir.

拉蒙·科特·巴拉伊巴尔
Ramón Cote Baraibar

1963年出生于哥伦比亚,马德里康普顿斯大学艺术史研究员。已出版诗集《公墓之诗》(1984,2005)、《古老快感车站的列车状态报告》(1991)、《基金会的迷惑布局》(1992)、《纸瓶》(1999,2006,2015)、《私人收藏》(2003)、《遗忘,并非一切都属于你》(2007)、《强迫之火》(2009)、《就像对逝去之物说再见》(2014),选集《时间的习惯》(2015)、《普通奇迹》(2019)等。其中,《遗忘,并非一切都属于你》曾获第三届美洲之家诗歌奖,《强迫之火》曾获第三十三届UNICAJA诗歌奖。另有作品被收录于《拉丁美洲海外青年诗人十人诗选》(1992)、《哥伦比亚诗歌精选集》(2006)、《哥伦比亚当代诗选》(2017)等。

Nació en Colombia en 1963. Historiador del arte de la Universidad Complutense de Madrid. Ha publicado los siguientes libros de poesía: *Poemas para una fosa común* (1984, 2005), *Informe sobre el estado de los trenes en la antigua estación de delicias* (1991), *El confuso trazado de las fundaciones* (1992), *Botella papel* (1999, 2006, 2015), *Colección privada* (2003), *No todo es tuyo, Olvido*, antología (2007) —III premio de poesía de la Casa de América—, *Los fuegos obligados* (2009) —XXXIII premio de poesía UNICAJA—, *Como quien dice adiós a lo perdido* (2014), *Hábito del tiempo*, antología (2015), y *Milagros comunes*, antología (2019) Es autor de la *Antología de joven poesía latinoamericana Diez de ultramar* (1992), de la *Antología esencial de la poesía colombiana* (2006), de la *Antología de la poesía contemporánea colombiana* (2017).

黄桥之城

当你晚上到家
你习惯去摸那些
积攒在口袋深处的硬币
不同的日子里,用它们组装起低矮的塔
或高大的柱子。
从前窗看到你的人
会说你像个乞丐
或庸俗的守财奴,贪婪地
拢起自己的财产,虽然你并非如此
虽然乍一看就是这样。

但那些大小各异、不同面值的
硬币是遗留的、花剩的
见证了你每天的开支和找零,
你自己也不知道有人会
在大账本上记下它们,
好精确记下你
为穿过那座黄桥之城而支付的价格。

La ciudad de los puentes amarillos

Cuando llegas a tu casa por la noche
tienes por costumbre buscar esas monedas
que se han ido acumulando al fondo de los bolsillos
para armar con ellas mínimas torres
o altas columnas, según el día.
Quien desde la ventana de enfrente te vea
podría decir que pareces un mendigo
o un vulgar avaro que reúne con codicia
sus posesiones, aunque este no sea tu caso
y aunque a primera vista lo parezca.

Pero esas monedas de distintos tamaños y variadas
denominaciones son restos, gastados
testimonios que entregas y recibes diariamente,
y sin que tú mismo lo sepas alguien los va anotando
en su enorme libro de contabilidad,
para saber exactamente el precio que pagas
por cruzar esa ciudad de los puentes amarillos.

少了一样奇迹

玛利亚·安东尼娅,今年没有白鹭
飞越山谷,我们也找不到那棵慷慨的树
它伸展树枝,就像洪水中的方舟
等待它翅膀最后的扇腾。

今年,我们不会看到天空被飞掠而过
少了它们箭一般锋利的身影
黄昏也不再一样,夜晚也缺少
鸟儿在深处的震颤,
我们也听不到它们鸟喙的抱怨
在寂静中七嘴八舌,
每一只都以自己的方式重复
星辰不羁的跳动。

今年空中没有什么值得庆祝,
壮丽的迁徙、翅膀的波涛,某种动力。

今年,我的女儿,世上少了一样奇迹。

Un milagro menos

Este año, María Antonia, no hubo blancas garzas planeando
por el valle, ni tampoco pudimos encontrar ese árbol
generoso
que alargaba sus ramas a la espera de recibir,
como si fuera el arca del diluvio, su último aleteo.

Este año no vimos el cielo surcado de vuelos
ni el atardecer fue el mismo sin su formación
afilada, de flecha, y a las noches les faltaron
ese estremecimiento de pájaros al fondo,
ni tampoco pudimos escuchar la queja de sus picos
alternándose en el silencio, entre chicharras,
que repetían cada uno a su modo
el desobediente palpitar de las estrellas.

Este año no hubo nada que celebrar por el aire,
migración magnífica, oleaje de alas, motivo alguno.

Este año, hija mía, el mundo tiene un milagro menos.

夜晚的云

已经没有人在晚上看云了
它们像流亡的岛屿一样悄然前行,
就像无人想要的流浪记忆,
在风最单纯的放逐中。

夜晚的云
从未有过的爱,失去力量的
护身符,无人问津的
失物招领处。然而
这些没有防备的、无害的云
是时间,是地球转动的迹象
它们在上面缓缓经过,在天空
最黑暗的地方,穿着我们的白衬衫。

夜晚的云,白日丢失的工作,
从所有生者那里极尽温柔地偷走的
梦游的分分秒秒,
死亡轻柔的使者。

我们是时间和这些白云。

Nubes en la noche

Ya nadie observa las nubes en la noche
que van en silencio como islas desterradas,
como recuerdos errantes que nadie quiere,
en el más puro abandono del aire.

Nubes en la noche,
amores que nunca fueron, amuletos que perdieron
su poder, departamento de objetos perdidos
que ya nadie reclama. Sin embargo
esas nubes indefensas, inofensivas
son tiempo, señal de que la tierra gira
y pasa levemente por encima, en lo más oscuro
del cielo, vestido con nuestras camisas blancas.

Nubes en la noche, trabajos perdidos del día,
sonámbulos segundos robados
con suma delicadeza a todo cuanto vive,
sutiles emisarios de la muerte.

Somos tiempo y estas nubes blancas.

伊拉马·卡斯塔尼奥·古伊萨
Yirama Castaño Güiza

1964年出生于桑坦德的索科罗市。记者、诗人、编辑。她是杂志《共存》和同名基金会的创始人之一、科尔多瓦塞雷泰国际女诗人交流咨询委员会成员。曾多次参加哥伦比亚国内外的诗歌节与研讨会。已出版诗集《遗忘前的身体》(2016)、《爱之诗》(2016)、《深渊中的马拉巴尔人》(2012)、《学徒回忆》(2011)、《她者的梦》(1997)、《阴影花园》(1994)、《月的海难》(1990)等。

Nació en Socorro, Santander, en 1964. Periodista, poeta y editora. Participó en la creación de la Revista y de la Fundación "Común Presencia". Hace parte del Comité Asesor del Encuentro Internacional de Mujeres Poetas de Cereté, Córdoba. Ha participado en importantes Festivales de Poesía en Colombia y en Encuentros internacionales de escritores. Libros de poesía publicados: *Cuerpos antes del olvido* (Yirama Castaño, Stéphane Chaumet y Aleyda Quevedo), Ediciones de la Línea Imaginaria, Ecuador, 2016; *Poemas de amor* (Yirama Castaño, Josefa Parra), Ediciones *Corazón de Mango*, 2016; *Malabar en el abismo*, Antología, Común Presencia Editores, Colección los Conjurados, 2012; *Memoria de aprendiz*, Común Presencia Editores, Colección Los Conjurados, 2011; *El sueño de la otra*, Colección Prometeo Serie Hipnos,1997; *Jardín de sombras*, 1994; *Naufragio de luna*, 1990.

覆雪的公园

我从耐心开始
它给我一颗鸟的心

从昨天开始,时间的盾牌在我体内跳动

因此
死亡是我们的大镜子

将它的斗篷移至逆光处
当洞见来临
我们躲在其中

我们在腰部与痉挛之间
迈开大步

在瀑布的流动中
水涌过静脉

石头的拥抱
没有空间容纳虚构的裂缝

森林是唯一的魅力：
隐秘与寂静的看守者

我们从身上拾起颤抖

作为护身符
我拿起战役的晶体。

Parque nevado

Comienzo con la paciencia
que me concede el corazón de un pájaro

Desde ayer late en mí un escudo para el tiempo

Entonces,
la muerte es nuestro gran espejo

Acerca su manto a contraluz
y cuando llega la videncia
nos quedamos dentro

Damos pasos largos
entre cintura y espasmo

En el deslizar de la cascada
el agua corre por las venas

Abrazo de las piedras
donde no hay espacio para las fisuras del invento

El bosque es el único encanto:
sigilo y guardián de los silencios

Recogimos el temblor en nuestros cuerpos

Como talismán
tomé el cristal de las batallas.

在夜晚的嘴唇上

有东西
　　　在夜晚的嘴唇上
在它呼喊我的
时间的水纹上
火山口的深处

有东西在靠近
　　　在漫长的等待中
　　　　　　流光
出现在山上

那里有我看不到的东西
　　　一首诗
　　　一阵风
　　　一条生命线
　　　一根睫毛

En los labios de la noche

Hay algo ahí
    en los labios de la noche
en la estela de sus horas
en lo profundo de su cráter
        que me llama

Hay algo que se acerca
    en la larga espera,
        una luz a la deriva
aparece en la montaña

Hay algo ahí que yo no veo
    un poema
    un soplido
    una hebra de vida
    una pestaña.

跋涉

已经不在那只手上
已经不在那只曾属于我
　　并突然抛下宇宙的手上

爱,
海洋在这里
房间的另一侧
在我们上方的墙上
在将我们分离的汗水中

梦有时离开
晃动的船。

被压向
　　浮现的
　　　　遇难的恐惧

Andanzas

Ya no sobre esa mano

Ya no sobre la mano que era mía

        y abandonó de pronto el universo

Amor,

el océano está aquí

al otro lado de la habitación

en la pared que se nos viene encima

en el sudor que nos separa

Un sueño aleja por momentos

la nave que se mueve.

Oprimidos contra el miedo

        emergentes

                náufragos

费尔南多·丹尼斯
Fernando Denis

1968年出生于哥伦比亚谢纳加市。在过去二十年中笔耕不辍，是当代哥伦比亚诗坛风格最为独特的诗人之一。作品中充盈着对时间的思考，常使读者深受触动。他的文字节奏与音律富含古典气息，画面感强烈，充满大段女性独白。他的创作从尘埃而来，为语言重新受洗。他是拉丁美洲文学丛书"塞诺克拉特"的发起者和编者。已出版作品：《威廉·特纳暮色中的隐形生物》（1997）、《音节的红酒》（2007）、《水的几何》（2009）、《在墙上做梦的女人》（2013）、《个人选集：与秘密雕塑的对话》（2013）、《巴比伦马赛克》（2015）等。墨西哥韦拉克鲁斯文学研究院和格雷罗州文化艺术委员会正着手其诗集《有人点亮十月的灯》的编辑出版事项。

Nació en Ciénaga, Colombia, en 1968. Es una de las voces más singulares de la actualidad. A lo largo de los últimos veinte años ha urdido una obra inquietante, que parece hechizada por el tiempo y que depara en el lector no pocos asombros. La cadencia y sonoridad de sus textos tienen un sabor antiguo, impregnados de mucha pintura, de versátiles monólogos femeninos, de voces que se levantan del polvo para bautizar el lenguaje nuevamente. Es creador y director de la colección *Zenócrate* de literatura hispanoamericana. Ha escrito los libros de poemas *La criatura invisible en los crepúsculos de William Turner* (1997), *Ven a estas arenas amarillas* (2004), *El vino rojo de las sílabas* (2007), *La geometría del agua (2009)*, *La mujer que sueña en las murallas* (2013), *Diálogos con la escultura secreta: Antología personal* (2013), *Los mosaicos de Babilonia* (2015), y recientemente el Instituto Literario de Veracruz y la Secretaría de Cultura del Estado de Guerrero editaron en México su libro *Alguien enciende las lámparas de octubre*.

苏族[1] 诗人

我会将发光的长矛刺入黑夜,
我会造访夜行生物
及其同类的翡翠色房间
我会告诉它们部落在哪里埋葬了最后的暮色,
在哪里洗净了灯;
然后我会将红色荒地的泡沫
溅到苏族酋长的泥脚上,我会照亮他的牙齿;
在池塘旁边,
当我已用砂纸的双手擦去
篝火的灰烬
并且打磨投枪的银针
我会拜访那个印第安女人,
我会杀死狮子和蓝眼睛的乌鸦
在我因这香气和帐中裹在她身上的
可爱音乐而变得无畏之前。

---

[1] 北美洲印第安民族。

Un poeta sioux

Clavaré mi lanza luminosa en la noche oscura,
visitaré el aposento color esmeralda de la criatura nocturna
y sus hermanos,
les diré dónde enterró la tribu su último crepúsculo,
dónde limpió sus lámparas;
después salpicaré de espumas del desierto rojo
los pies de barro del jefe siux, brillaré sus dientes;
y ya junto a los estanques,
cuando haya borrado con mis manos de lija
el hollín de las hogueras
y haya limado las agujas de plata de mis dardos
visitaré a la india,
mataré los leones y los cuervos de sus ojos azules
antes de quedarme impávido en ese aroma, en esa música
adorable que la arropa en su tienda.

迷宫

高墙顺着进入我脑海的
秘密街道延伸。
我生活在令人毛骨悚然的图像中；我忍受
门、侧室、镜子间的虚幻
和石头后隐藏的
放肆光亮。
有些人说我是公牛，
但我不信自然的恐怖。
我在这没有地图的城市中过着游牧的生活，
这城市由回廊组成，我醒来寻找那个
策划我命运的做着梦的人，寻找这阴影的边界
直到在我的夜晚力竭倒地。
几天来，我一直被一个女人的叫喊惊醒。

Laberinto

Altos muros corren por pasadizos secretos

que van a mi mente.

Vivo con imágenes escalofriantes; sufro de irrealidad

entre puertas, recámaras, espejos

y una desaforada lucidez que se esconde

detrás de la piedra.

Algunos dicen que soy un toro,

pero descreo de los horrores de la naturaleza.

Vivo como un nómada en esta ciudad sin mapa,

hecha de corredores, me desvelo buscando al soñador

que urdió mi destino, busco los lindes de esta sombra

hasta que caigo rendido en mi noche.

Hace días que los gritos de una mujer me despiertan.

卡蜜尔·克洛岱尔[1]致罗丹的信

有一次我们用泥土和木头
做出来的词语放哪儿了?
现在谁还能打破它们? 秋天
在田野里迸发
河流与树木生锈,同另一种
更深的火焰
疯人院的墙上也有那火焰。
流淌着遗忘之水的喷泉
载满悲伤;
不是我在你的亲吻中喘不上气时
从你眼里看到的那一座。
我不认为另一场独白能说出它,
至少不会是同一种
灌醉这些色彩乱语的孤独。
我将天空留给了法国花园,
在那些忧伤的眼睛中
它们看到我,当我打碎让你美丽的恐惧时。

---

[1] 卡蜜尔·克洛岱尔(Camille Claudel, 1864–1943),法国女雕塑家。

罗丹！着火的女孩在告别。
"你怎么知道
那些白色石头里有人呢？"
一个见我哭了的孩子问
怀中还抱着他可爱的猫。
我不知道还会发生什么
我不认识另一个地狱，让我可以雕刻你的脸
又不被你含糊的石头思维所伤。

Una Carta de Camille Claudel a Rodin

¿Dónde dejamos las palabras que una vez

levantamos con barro y madera?

¿Quién puede quebrarlas ahora que el otoño

revienta en los campos

y se oxidan los ríos y los árboles con otro

fuego más profundo?

Hay algo de ese fuego en los muros del manicomio.

Hay mucha tristeza en esa fuente que mana

el agua del olvido,

no la fuente que vi en tus ojos cuando me besaste

y yo me ahogaba.

No creo que otro monólogo pueda decirlo,

no esa misma soledad embriagando

el delirio de estos colores.

Dejo el cielo junto a los jardines de Francia,

en aquellos ojos tristes que me ven

cuando quiebro el horror que te hizo bello.

¡Oh Rodin! La muchacha en llamas se está despidiendo.

¿Cómo sabías que había gente dentro

de esa gran piedra blanca?,

me preguntó un niño que me vio llorar

con su lindo gato en los brazos.

No sé lo que ocurrirá después,

no conozco otro infierno donde pueda esculpir tu rostro

sin que tu ambigua mente de piedra me haga daño.

胡安·费利佩·罗夫莱多
Juan Felipe Robledo

1968年出生于哥伦比亚麦德林。诗人、作家、哈维里亚那天主教大学文学教授。已出版《早晨》《时刻的音乐》《舍弃的优点》《高处的光》《在夜色中画地图》《感恩之日》等作品。曾编纂过西班牙黄金时代诗作、西班牙罗曼采、哥伦比亚诗歌与鲁文·达里奥的相关选集。1999年获墨西哥恰帕斯州文化艺术委员会颁发的海梅·萨维内斯国际诗歌奖，2001年获哥伦比亚文化部颁发的国家诗歌奖。

Nació en Medellín, Colombia, en 1968. Es poeta, ensayista y profesor de literatura en la Pontificia Universidad Javeriana de Bogotá. Ha publicado: *De mañana, La música de las horas, El don de la renuncia, Luz en lo alto, Dibujando un mapa en la noche* y *Días de gratitud*, entre otros. Ha realizado antologías de la obra de poetas del Siglo de Oro, el Romancero español, poetas colombianos y Rubén Darío. Recibió el Premio Internacional de Poesía Jaime Sabines del Consejo Estatal para la Cultura y las Artes de Chiapas (México, 1999) y el Premio Nacional de Poesía del Ministerio de Cultura de Colombia (2001).

我们亏欠黎明

背叛词语

在日子的肮脏市场中

交换它的重量、颜色

这一行为让我们

充满死亡灰烬和含糊的渴望。

必须受到惩罚,

用铁、孤独、

厌恶和痛苦。

我们亏欠黎明、

银匠,亏欠幸福,

亏欠歌和桨,

亏欠喉咙中勾勒的梦

亏欠已经物是人非的海岸上

悠闲的早晨。

因为最后,一切都是遗忘,

对于那些为买卖

为谈话

为跟傻瓜和小贩交流

而献出鲜血,

在空地

对那些渺小的
糟糕、温和
又狡猾的词语
犯罪的人。

Nos debemos al alba

Traicionar las palabras,

canjear su peso, su color,

en el sucio mercado de los días

es acto que nos llena de muerte

y ceniza y vago afán.

Ha de ser castigado

con el hierro, la soledad,

el tedio y la miseria.

Nos debemos al alba,

plateros, a la dicha,

y al canto y al remo

y al ensueño trazado en la garganta

y a mañanas sin prisa

en las orillas de un mar que ya no es.

Porque al final todo es olvido

para quien al tráfago su sangre dona,

a la parla chi suona

y a conversaciones con tontos

y mercachifles,

y comete delitos en descampado

con las pequeñas,

las terribles y mansas

y arteras palabras.

为了不忘记橡胶树的诗

熟悉阴影的蚂蚁

没理由感到羞愧,

没有它们不熟悉的地方

清凉早晨的岸边,没有幸福不充盈它们。

杧果休憩在被自己无礼跑遍的小路上

它们今天是城堡的废墟,是远处的堡垒,独自伫立,
   不孤注一掷。

十字军永远不会来到这片土地,骏马不会在漫长的正午
   踏过它。

他们的道路是人头攒动的音乐会,唱着厚重,唱着沉默
   的时间,

这时间从不含糊其词,不会加重他们头顶的口音。

漂洋过海的神明在这片土地上生活了几个世纪

而住在树下的人不曾发现

或是曾经知道但某天已不在乎了。

橡胶树下没有祈祷,没有安慰,

一切都是为了遗忘的辉煌生活。

叶子摇动，时间是边界上的永恒。
狗永远在沙子里互相追逐，
鹦鹉和金刚鹦鹉在拥抱树木的稀薄天空中欢庆。
日子过去，远处有火，石头为自己唱歌。

Un poema para no olvidar al árbol de caucho

Las hormigas que conocen bien la sombra

no tienen ningún motivo de vergüenza,

no hay sitio que no conozcan

ni dicha que no las llene en las mañanas frescas de la costa.

Los mangos que reposan en los senderos recorridos por su impudicia

son hoy ruinas de castillos, lejanos bastiones para dejar de lado y no lanzarse a conquistar.

Los cruzados jamás vendrían a esta tierra, los corceles no piafaron en ella bajo largos mediodías.

Son sus rutas poblados conciertos que cantan la espesura, tiempo callado que no dice

vaguedades o intensifica los acentos que viven sobre sus cabezas.

Dioses que atravesaron el océano viven en esta tierra desde hace varios siglos

y los que habitan bajo el árbol no se han enterado

o si lo supieron un día no les importó.

No hay bajo el árbol de caucho plegarias, no hay consuelo,
todo es vida de esplendor para el olvido.

Y las hojas se mueven, el tiempo es eterno en los bordes,
los perros se persiguen desde siempre entre la arena,
festejan los loros y las guacamayas en el cielo delgado que abraza al árbol,
el día pasa con fuegos lejanos y la piedra canta para sí.

使用灵魂一词的地方

"灵魂"是曾经常用的词,

我认为没有更好的词能形容这种谨慎的力量
它是我们以为会在灰色星期天结束时不见踪影的金色
　柱子
是在我们头顶翻飞的叶子
是不太浑浊的酒渣,
一段返回并在几秒后重复的诗句,
这是一种快乐,当我们不抱期待,就不断重回,永不
　枯竭。

那是灵魂所承受的平淡时光的考验,
堤岸看似在后退,但从未溃散,永不溃散。
没有松鼠从一棵树跑到另一棵,
磨损的桥板沾满污迹并发霉。
语调绝望,女孩的爱并不可能,
诗不过是一堆逃离双手的词语,
而灵魂继续支撑我们,我们却并不知道。

因寒冷而皴裂的棕榈收留了

为了躲避愤怒的狗而绝望奔跑的流浪猫,
日子在我们口中留下泥土的味道,
一切都似乎有些悲伤、非常遥远,
但这不安总是提醒我们另一个夜晚,另一个清晨,不
　会抛弃我们。

心灵陷入注定要失败的惨痛战役,

天气沉重,令人窒息。
床头有一张漂亮的脸,
金子的女孩和讨人喜爱的微笑,没有决定——尽管我们
　感到绝望——是否
在梦中亲吻我们,
起泡的啤酒,每个星期五我们都爬上遗忘的斜坡,
并痛苦地迎接早晨。
固执而懒散的灵魂没有去旅行。

我们看到瓶子漂浮在肮脏的水中,这些水穿过无数街区
　的浴室,
破灭的幻觉,瞳孔中的坚硬,
生活不能更混乱、更残缺、更扭曲了,
但是灵魂低语,以爱跟随我们,就像一只小狗,像一个
　新手小偷,

帮助我们度过整个夜晚，有风燃烧手指和脸颊的夜晚，
并让落入谷仓的小麦在我们惊讶的心中奏出音乐，
周到的朋友，欲望的树丛，时刻之后到来的梦想的休息，
它教我们亲吻，在光线消失时，只剩她和我，沉默着。

Donde se usa la palabra alma

Alma era la palabra que se usaba,

y no creo que haya una mejor para hablar de esa fuerza discreta,
columna dorada que creíamos perder de vista al término de un domingo gris,
y la cual era hojas volando sobre nuestras cabezas,
un poso de vino no muy turbio,
un verso que regresaba para irse segundos después,
y era la alegría que no se agota sino que puede volver, cuando no la esperamos.

Eran las pruebas de un tiempo deslucido las que soportaba el alma,
el dique parecía ceder, y nunca se desmoronaba, jamás lo hizo.
No había ardillas que corrieran de un árbol a otro,
las tablas del puente, desgastadas, estaban manchadas y mohosas.
El tono era desesperado, el amor de las muchachas imposible,
los poemas apenas un montón de palabras yéndose de las manos,
y el alma continuaba sosteniéndonos, no lo sabíamos.

Las palmeras deshilachadas del frío acogían a gatos callejeros que corrían desesperados,

huyendo de los perros iracundos,

los días nos dejaban con un sabor terroso en la boca,

todo parecía un poco triste, muy lejano,

pero ese cosquilleo que siempre nos advirtió de otra noche,

otra mañana, no nos abandonó.

Los corazones se lanzaron a campañas desgraciadas,

condenadas al fracaso,

el tiempo era denso, asfixiante.

Había un rostro hermoso en la cabecera de la cama,

muchacha de oro y sonrisa grata que no se decidió - a pesar

de nuestra desesperación - a

besarnos en el sueño,

la cerveza espumaba, volvíamos a subir la cuesta del olvido

cada viernes,

y mañanábamos angustia.

El alma, terca y distraída, no se fue de viaje.

Vimos botellas flotando en el agua sucia que recorría los

baños de innumerables barrios,

ilusiones devastadas, dureza en las pupilas,

no podía ser más confusa la vida, más incompleta, más torcida,
pero el alma, rumorosa, nos siguió con amor, como un perrito, como un ladrón novato,
nos ayudó a cruzar la noche, la del viento que quema los dedo, las mejillas,
y dejó que el trigo cayendo en el silo hiciera música para nuestro sorprendido corazón,
amiga atenta, enramada del anhelo, soñado reposo que llegó después de las horas,
y nos enseñó a besar cuando la luz se había ido y sólo quedamos ella y yo, en silencio.

温斯顿·莫拉莱斯·查瓦罗
Winston Morales Chavarro

1969年出生于哥伦比亚慧兰区内瓦市。记者,西蒙·玻利瓦尔安第斯大学西班牙语美洲文学方向文化研究硕士,哥伦比亚卡塔赫纳大学全职教师。曾获奖项如下:1996年诗歌之家奖、1997年及1999年何塞·欧斯塔西奥·里维拉奖、2000年昆迪奥大学欧克利德斯·哈拉米略·阿郎戈全国诗赛第一名、2001年安蒂奥基亚大学全国诗赛第一名、2013年第九届何塞·欧斯塔西奥·里维拉全国小说双年赛第一名、2013年温贝托·塔弗尔·查里短篇小说大赛第一名、2016年赫拉多·迪亚士·霍尔丹散文大赛第一名、2018年罗马尼亚库尔泰亚德阿尔杰什国际诗歌大奖赛一等奖。

Nació en Neiva, Huila, en 1969. Periodista. Magíster en Estudios de la Cultura, mención Literatura Hispanoamericana, Universidad Andina Simón Bolívar de Quito. Profesor de tiempo completo en la Universidad de Cartagena, Colombia. Ha ganado, entre otros, los siguientes concursos de poesía: Organización Casa de Poesía, 1996; José Eustasio Rivera, 1997 y 1999; primer puesto del Concurso Nacional de Poesía Euclides Jaramillo Arango, Universidad del Quindío, 2000; primer puesto del Concurso Nacional de Poesía Universidad de Antioquia, 2001; primer puesto de la IX Bienal Nacional de Novela José Eustasio Rivera, 2013; Primer puesto Concurso de Cuento Humberto Tafur Charry, 2013; Primer puesto concurso de ensayo Genaro Díaz Jordan, 2016; Primer puesto Gran Premio Internacional de Poesía Curtea de Argeş, Rumania, 2018.

阿尼基萝娜[1]

其十七

异乡人
我们来到这场仪式
这是花的典礼
词语的仪式;
飘散的气味之词
就像香脂音乐的藤蔓
沿着树木的汁液
轻轻地攀过。

这是花的典礼
进来享受聚会
进来享受生活
来庆祝我吧
这双手里还有生命

---

[1] "阿尼基萝娜"是诗人自己虚构的神话形象。她从诗歌中诞生,同时代表女性和王国、声音与寂静、肉体和想象,是一个内涵丰富而复杂的形象。

带走它们
这双仍会给
孤寂女人写情诗的手。

我来参加这个庆典
面对夜晚的美丽而哭泣

阿尼基萝娜
林中的黛安娜
告诉我你的视野伸至什么地方?

音乐的大麻在哪里?
亲吻的篝火在哪里?
叶子的沙沙作响?
多么幸运
被死亡授予桂冠?

在生与死之间的
某一点上
我参加了这次聚会,
这双手里还有生命
看看它们
它们早就写过

这些东西
它们曾预言
这壮丽

这嘉奖做梦人的行为
互相庆祝的行为
当寂静、诗歌与死亡
总是重返我们身旁。

其二十一

阿尼基萝娜
让我们相约
在死亡的黄色海岸上。

在帆中,在风中,或许在波涛里
我们会双手交叉
我们会在太阳前跳舞
用蓬松的头发唱歌
而尘土之子
否认这无法通行的大门的现实。

于是我问候你
就像我是你名字的老朋友一样

我会栖息在你周围的蛇上
我最初的吻
我的性别和一个被禁止的男人的梦。

我会问候你,阿尼基萝娜
在死亡的黄色海岸上
我会亲吻你芬芳的辫子
你的黑暗和金属鸟的光芒。

我会从你嘴唇上剥去这些词语
使你的数字变得神圣的动词
一点一点地
在死亡的光辉咏唱中
我会穿过你的世界
如同旅途中不知疲惫的船,
我将穿过其他海洋的夜色
意识到其他海岸的光亮
意识到其他海滩上流淌的精神。

其二十六

一个女人在我家里
我不知道她看向哪个角落、哪个
世界
一个女人,她的脊背
由风构成;
夜晚的树
像是为困难的事情祷告

有一个女人
我不认识她
却知道她是一个借口。

就好像梦见她还不足以
了解她,
我的灵魂远远地升到高处
好像要寻找我不知道的哪座山
哪个悬崖。

一个女人与我结婚
我那时刚刚发现
自己生来就是要成为男人或梦。

一个蒲桃与大玛雅坚果[1]的女人
柔软而多汗的雌性
像河流一样
为我逼真而梦幻的世界
低声诉说乡愁的轻风
有一个女人在我的梦里
我不知道她看向哪个地方
哪个角落。

一个女人,树木、鸟
甚至星球
都以一种美妙的天职
每天对她说话
向她诉说石头与河流的
深奥秘密

有一个女人看向我的地下世界
倾着她香脂的胸部

---

[1] 在哥伦比亚等中美洲和南美洲地区常见的两种树木,分属桃金娘科与桑科。

居住在我身上的所有阴影
一个女人,知晓我夜晚的
所有秘密
温顺的月亮轧过
我的痛苦。

Aniquirona

XVII

Extranjera

Hemos llegado a este ritual

Esta es la ceremonia de las flores

El ritual de la palabra;

Palabra olorosa que se expande

Como enredadera de músicas balsámicas

Y que trepa suavemente

Por la savia de los árboles.

Esta es la ceremonia de las flores

Entra y gózate la fiesta

Entra y gózate la vida

Ven a festejarme

Todavía hay vida en estas manos

Tómalas

Estas manos que aún escriben

Poemas de amor para mujeres solitarias.

He venido a este festejo
Llorando ante la belleza de la noche.

Aniquirona
Diana de los bosques
¿Dime hasta que lugar se extienden tus visiones?

¿Dónde el cáñamo de la música?
¿Dónde las hogueras de los besos?
¿El suave murmullo de las hojas?
¿Qué de venturoso tiene
ser laureado por la muerte?

En algún punto
Entre la vida y la muerte
He venido a este reencuentro,
Todavía hay vida en estas manos
Míralas
Ellas escribieron con anterioridad
Sobre estas cosas
Ellas pronosticaron
Esta magnificencia

Este acto de laurear a los hombres soñadores
Este acto de celebrarse mutuamente
Cuando silencio, poesía y muerte
Suelen restituirnos.

XXI

Aniquirona
Démonos una cita
En la orilla amarilla de la muerte.

En una vela, en una brisa, quizás en una ola
Cruzaremos nuestras manos
Y danzaremos antes de que el sol
Cante con su cabellera elástica
Y el hijo del polvo
Niegue la realidad de esta intransitada puerta.

Entonces te saludaré
Como el viejo amigo que soy para tus nombres

Y posaré sobre la serpiente que te rodea

Mi primigenio beso
Mi género y mi sueño de hombre prohibido.

Te saludaré Aniquirona
En la orilla amarilla de la muerte
Y besaré tus trenzas perfumadas
Tu oscuridad y tu luz de pájaro metálico.

Desnudaré las palabras de tus labios
El verbo que santifica tu número
Y poco a poco
En este ritornello luminoso de la muerte
Penetraré tu mundo
Como un barco infatigado por el viaje,
Penetraré la noche de otros mares
Consciente de la luz que trae otras orillas
Consciente del espíritu que mana de otras playas.

XXVI

Hay una mujer en mi casa
Que mira yo no sé hacia qué esquina, hacia qué

Mundo

Una mujer cuya espalda

La constituye el viento;

El árbol de la noche

Como una oración para los casos difíciles.

Hay una mujer

Que desconozco

Y sin embargo sé que es un pretexto.

Como si soñarla no fuera suficiente

Para acabar de comprenderla,

Mi alma se remonta a las alturas

Como buscando no sé qué colina

No sé qué precipicio.

Hay una mujer que me ha desposado

Cuando apenas descubrí

Que nací para ser hombre o sueño.

Una mujer de pomarrosos y guáimaros gigantes

Una hembra suave y sudorosa

Que pasa como un río

Musitando leves vientos de nostalgia
Para mi mundo verosímil y fantástico
Hay una mujer en mis sueños
Una mujer que mira yo no sé hacia que parajes
Hacia qué rincones.

Una mujer a quien los árboles, los pájaros
E inclusive las esferas
Le hablan a diario
Con una vocación maravillosa
Y le comunican los secretos inescrutables
De las piedras y los ríos

Hay una mujer que mira hacia mis mundos subterráneos
Y decanta con sus pechos balsámicos

Todas las sombras que me habitan
Una mujer que sabe todos los misterios de mis
Noches
La mansa luna atropellada
De mi angustia.

莉莉亚娜·莫雷诺·穆尼奥斯
Liliana Moreno Muñoz

1974年出生于波哥大。诗人、艺术家、文化活动家、萨拉斯瓦蒂综合艺术中心艺术主管,卡罗-奎尔沃学院西班牙语文学硕士。自2003年以来一直教授文学与文学创作课程,且是文学创作与艺术融合领域的研究者。已出版诗集《以女巫的语言》(2015)、《跳跃》(2018)及关于安德烈斯·凯塞多作品中女性形象的研究著作《长生草,或残酷的女英雄》(2018)。诗歌、短篇小说和散文发表于国内外各报纸和杂志,并斩获一系列文学奖项。除此之外,其诗作还被收录于哥伦比亚、墨西哥和美国出版的诗歌选集,被译为英语和意大利语。她是"空中书"诗歌概念的提出者,并在此基础上开展跨媒介创作,包括表演诗、视觉诗和造型诗等。

Nació en Bogotá en 1974. Poeta, artista y gestora cultural, codirectora artística de Saraswati–Artes Integradas, Magister en Literatura Hispanoamericana del Instituto Caro y Cuervo. Docente de literatura y creación literaria desde 2003 e investigadora en el campo de la creación literaria y la fusión de las artes. Ha publicado los libros de poesía *En lengua de bruja* (2015), *Salto* (2018) y *Siempreviva o la heroína cruel*, ensayo sobre la imagen femenina en la obra de Andrés Caicedo (2018). Sus poemas, cuentos y ensayos han sido publicados en diarios y revistas nacionales e internacionales, así como en algunas antologías de poesía en Colombia, México y Estados Unidos. Algunos de sus poemas han sido traducidos al inglés y al italiano. Ha recibido algunos premios por su labor literaria. Creadora de la acción poética mundial "Al Aire Libro", junto a la que desarrolla un trabajo de creación interdisciplinaria que incluye obras de poesía escénica, experiencias de poesía visual y plástica.

同一与另一乐,同一与另一药[1]

时间用灰尘的双手写作
在我学着成为鬼魂的角落。

我呼吸着
破碎镜子边缘
无尽的编织。

> 我是那个对云私语又向你低声诉说的人
> 说着一天的快乐
> 说着这梦的
>   土地上
>   圆形轮廓的一瞬。

我是那个思索谜题的人
            以水池之中

---

[1] 原文的"音乐"(música)和"药剂"(pócima)在西班牙语中押协韵(consonante),在中译本以"乐"和"药"的头韵尽量保留原诗的形式。

月亮的姿态

并化为叫喊，
狂笑。
我是那个念出你在夜晚褶皱里
写下秘密诗行的人。

我是一本无限重写的
书中的女人
在日子的歌中，
在我们
如此世俗而接近天堂的身体里。
渴求的鸟儿振翅
在近旁。

我破译并吹起风。

一个无限的吻绽放
在火把的寂静中。

La misma y otra música, la misma y otra pócima

Con manos de polvo escribe el tiempo
en los rincones donde aprendí a ser fantasma.

Respiro el tejido infinito
en los bordes de un espejo
quebrado.

>Soy quien arrulla la niebla y en susurros te habla
>de la alegría de un día,
>de este instante de trazos circulares
>>en la tierra
>>del sueño.

Soy quien contempla el acertijo en el gesto
>>de la luna

>>en el aljibe
y encarna en grito,
en fervorosa carcajada.
Soy quien pronuncia los versos secretos

que escribiste con tiza en un pliegue de la noche.

Soy mujer de un solo libro
que se reescribe infinito
en el canto de los días,
en nuestros cuerpos
tan terrenales que celestes.
Aleteo de ávidas aves
muy cerca.

Descifro y soplo.

Un beso infinito florece
en silencio de antorchas.

紧急情况,我跳入等候室

然后靠近他的眼睛,一个虚伪的眨眼溅到我的胸口。我想说话,但嘴里只冒出蜘蛛网。我所有嘴里,都是蜘蛛网。我已在他兄弟般的陪伴中老去。

Salto a la sala de espera, en urgencias

Y me acercaba a sus ojos y un guiño falso salpicaba mi pecho. Intentaba decir y sólo salían de mi boca telarañas. De todas mis bocas, telarañas. Me había hecho anciana en su fraterna compañía.

从深渊到池塘

  太阳受伤了，血在天上扩散。这是霞光。我家的花园中玫瑰在生长。一百万只灰色的鸟从我手中夺走恐惧。羽毛在皮肤上重新长出……但这是……是月亮咬我双眼的颤抖。

Del abismo al estanque

El sol está herido, su sangre se esparce en el cielo. Es la aurora. En el jardín de mi casa crecen rosas. Un millón de pájaros grises me arrancan el miedo de las manos. En la piel retoñan plumas... pero es... es el temblor de la luna mordiendo mis ojos.

加夫列拉·A. 阿西涅加斯
Gabriela A. Arciniegas

1975年出生于波哥大。作家、翻译、插画家、编剧。哈维里亚那天主教大学文学学士，博斯克大学教育学硕士，哈维里亚那天主教大学拉丁美洲文学硕士。自2016年以来一直定居智利南部。哥伦比亚"九五年一代"诗人，"零零年一代"小说家。国际笔会（PEN）哥伦比亚分会成员。哥伦比亚女性恐怖小说先锋作家。已出版诗集《淡去的太阳》（1995）、《阿瓦雷》（2009）、《飞行训练》（2016）；小说《红影》（2013）；短篇小说集《13个地狱故事》（2015）、《牲畜》（2015）、《花卉咖啡馆故事》（2018）、《泛滥》（2018）、《空气的形式，量子小说》（2020）。其作品已被译为意大利语和英语。曾获2009年出版物书封奖及哥伦比亚拉约博物馆国际女性诗歌大会诗歌奖。

Nació en Bogotá en 1975. Escritora, traductora, ilustradora, ensayista, guionista en proceso. Radicada en el sur de Chile desde 2016. Graduada en Literatura (PUJ), Especialista en Docencia Universitaria (U. Bosque), Magistra en Literatura latinoamericana (PUJ). Miembro del PEN Colombia. Generación del 95 en poesía colombiana, generación Cero-Cero de narrativa latinoamericana. Pionera del género terror escrito por mujeres en Colombia. Publicaciones: Poesia: *Sol Menguante* (1995), *Awaré* (2009), *Lecciones de vuelo* (2016);

Novela: *Rojo sombra* (2013); Libros de cuentos: *13 relatos infernales* (colectivo, 2015), *Bestias* (2015), *Cuentos del Café Flor* (2018), *Infestación* (2018, Chile), *Las formas del aire, ficción cuántica* (2020). Traducida al italiano y al inglés. Premios: Premio Ediciones Embalaje 2009, concurso internacional de los Encuentros de poesía femenina, Museo Rayo, Colombia.

鸟

鸟展翅飞行,尽管有土地
鸟展翅飞行,尽管有死亡
 没有深渊和眩晕就不会有翅膀
 每只鸟都曾梦到
 自己的翅膀在风中断裂

每支箭都有摔落的可能
在到达
血肉的暴力港口之前

鸟将翅膀伸向天空
 并想着或许有一天会鄙弃这天空
 在痉挛的爱抚中颤抖的羽毛

鸟将自己交给风,不必明白它的号叫
或白色的寂静

El pájaro

El pájaro levanta el vuelo a pesar de la tierra
El pájaro levanta el vuelo a pesar de la muerte
   No se hicieron alas sin abismo y sin vértigo
   Todo pájaro ha soñado una vez
   que sus alas se quiebran en el aire

En toda flecha hay una posibilidad de caída
antes de atracar
en el puerto violento de la carne

El pájaro levanta sus alas hacia el cielo
   sintiendo que acaso un día lo repudie
   plumas temblorosas en caricia convulsa

El pájaro se entrega al aire sin comprender su aullido
ni su silencio blanco

疲倦

很久以前疲倦就到来了
从我的骨髓深处
从聚集的原子里
从体内循环的灵魂碎屑中,
指引我的石英在哪里?
我不曾成为的吵闹的姑娘在哪里?

那里有子宫,很远的地方
我来自的那个破碎的蛋
早已不过是一把灰烬的蛋
那个蛋,有人曾把它放入巢中
那枝条,曾经没有巢
那赤裸的枝条,我在那里
看着遥远的人类
以及我现在才明白的,他们的喧闹和哭声

我曾是那只饥饿的雏鸽,他们都希望我死去

     如果我的血可以开启一场革命

我一如既往独自一人
独自一人用指甲掐住我的生命

我是被踩踏和浸软的土地
我一直被称为衰老
因为注视我的第一双眼睛
瞬间就加密了整本生命之书
而让它们发光的水以这个名字为我施洗

Cansancio

Hace tiempo que me viene un cansancio
desde el fondo de los huesos
desde las constelaciones de átomos
desde las migajas del alma que circulan por el cuerpo
¿Dónde el cuarzo que me orienta?
¿Dónde la niña escandalosa que nunca fui?

Allá está el útero, allá lejos
el huevo roto de donde vine
el huevo que ya no es más que un puñado de cenizas
ese huevo que alguien dejó en el nido
esa rama donde no hubo un nido
esa rama desnuda donde yo me hice
viendo a la humanidad allá lejos
con sus ruidos y sus llantos que sólo ahora comprendo

El pichón hambriento que fui todos querían que muriera

                    Si mi sangre pudiera iniciar una revolución

Sola estoy ahora como siempre
sola agarrando mi vida con las uñas

Soy tierra pisada y macerada
Vejez me llamo desde siempre
porque los primeros ojos que me vieron
cifraron todo el libro de la vida en un instante
y el agua que los hacía brillar me bautizó con ese nombre

爱

爱
在灵魂之海中
总是不同

爱
是世界
和它的灾难

Amor

El amor
en el mar del alma
es siempre diferente

El amor
es el mundo
y sus catástrofes

卡罗琳娜·布斯托斯·贝尔特兰
Carolina Bustos Beltrán

1979年出生于波哥大。诗人、小说家。自2003年来一直生活在法国,在大学教授西班牙语。2015年诗集《城市经验:波哥大及其他曾到访的城市》获得拉约博物馆书封大赛三等奖;2016年《热带车站及其他无用诗》入围皮拉尔·费尔南德斯·拉夫拉多尔国际诗歌奖终选。其短篇小说、诗歌和散文被收录或发表在诗选、杂志和博客中,作品被翻译为法语、葡萄牙语、英语、德语和意大利语。已出版作品:《立体梦》(2017)、《散开的复调》(2018)、《热带车站及其他无用诗》(2020)。

Nació en Bogotá en 1979. Poeta, narradora, reside en Francia desde 2003 donde es docente universitaria de Español Lengua Extranjera. Ha sido galardonada en poesía en 2015 con el Tercer Premio del Concurso Ediciones Embalaje del Museo Rayo con su poemario *Lecciones de UrbEnidad, Tabogo y Otras ciudades recorridas*. En 2016, *Estación Tropical y Otros poemas sinusos* fue finalista del Premio Internacional de Poesía Pilar Fernández Labrador, también ha recibido menciones en cuento y relato breve en España. Sus cuentos, poemas y ensayos han sido publicados en antologías, fanzines, revistas y blogs y han sido traducidos al francés, al portugués, al inglés, al alemán y al italiano. Ha publicado *Sueño Stereo* (Caza de Libros, 2014 y Ediciones Altazor, 2017), *Polifonías Dispersas* ("Un Libro por Centavos", Universidad Externado de Colombia, 2018) y *Estación Tropical y Otros poemas sinuosos* (Nueve Editores, 2020).

昆虫

看来你已在白日的角度之外
脑袋浸入
并窒息在关于消失的危险念头中

这是没有光的时刻
分针的顶端不会停下
或终止

你需要擦除自己足迹的线条。
你刺扎自己,感到痛苦。

你是非重读的,你没被看见。

你,没有肉也没有皮的轮廓
走在大街或悬崖栈道上

没有人明白你有多孤独
没有人关心无脊椎动物的晕眩。
虚空是蜘蛛网的形状。

Insecta

Parece que estás fuera del ángulo del día
donde la cabeza se sumerge
y se ahoga en el pensamiento amenazante de
desaparecer.

Es una hora ausente de luz,
un vértice del minutero que no para,
ni se detiene.

Necesitas borrar el trazo de tu huella.
Pinchas en ti y sientes angustia.

No te ves, eres átona.

Andas, silueta modelada sin carne o piel
por entre avenidas y andenes de precipicios.

Nadie entiende la gravedad de tu soledad.
A nadie le importa el vértigo de un ser invertebrado.
El vacío tiene cuerpo de telaraña.

预感

我们参与了世界的诞生
我们躺在草地上想象
花朵在柱头顶端恢复了光彩。
没有什么能阻止我们微笑
序言中没有
梦中也没有。
用手指描出雌蕊的边缘
回忆着柔软,脸颊发红。

我们参与了恐惧的消失,
悬在雄蕊的花丝中
我们呻吟着做爱,
欢乐和汗水沾湿了花瓣的床单。
我们毁坏了阴影,
清除了两百座花园的杂草,
我们写了另一首诗,
不用这首的标题。

因此,
我们从不命名禁忌的词语。

我们散播花粉

在她已经

不再居住的草坪上。

La premonición

Participamos en el nacimiento del mundo
tirados en la hierba imaginamos
las flores recobrando su brillo en la punta del estigma.
No había nada que nos hiciera alejar de la sonrisa
ni del preámbulo
ni del sueño.
Un dedo dibujando el borde de un pistilo
coloreaba las mejillas evocando ternura.

Participamos en la desaparición del miedo,
suspendidos en los filamentos de los estambres
hicimos el amor gimiendo,
y el júbilo y el sudor mancharon las sábanas de pétalos.
Desfloramos las sombras,
sacamos la maleza de doscientos jardines,
escribimos otro poema,
ese que no iba con el título de este.

Y así,
jamás nombramos la palabra prohibida.

Esparcimos el polen

en los céspedes donde ella

ya NO habita.

他认为自己很好

坐着吸入海洋
希望用某种东西填满自己
一阵风、盐、叹息。

她
的
诗
也一样。

他认为自己很好
坐着观察埃特纳火山，
等待岩浆的尖叫
带来他的名字。

也一样
她的
诗。

Él que se creía ser bueno

se sentaba inhalando el mar
esperando llenarse de algo
un soplo, salinidad, suspiros.

Poesía
de
Ella
siendo lo mismo.

Él que se creía ser bueno
se sentaba observando al Etna,
esperando que el grito del magma
le trajera su nombre.

Siendo lo mismo
era de Ella
poesía.

弗雷迪·耶塞德
Fredy Yezzed

1979年出生于波哥大。作家、诗人、创意写作讲师、人权活动家。2008年在南美洲进行了为期半年的旅行后,定居于阿根廷布宜诺斯艾利斯。已出版诗集《疯狂的盐》《维也纳哲学家路德维希·维特根斯坦未出版的日记》《本国女子的信》。2010年以《疯狂的盐》获马塞多尼奥·费尔南德斯国家诗歌奖;2017年获古巴哈瓦那美洲之家文学奖诗歌荣誉奖。作为文学研究者,出版了《空中的篇章:哥伦比亚散文诗选》和《绞刑犯的笑声:亨利·卢克·穆尼兹诗选》。

Nació en Bogotá en 1979. Escritor, poeta, docente de Escritura Creativa y activista de Derechos Humanos. Después de un viaje de seis meses por Suramérica en 2008, se radicó en Buenos Aires, Argentina. Tiene publicado los libros de poesía: *La sal de la locura* (Premio Nacional de Poesía Macedonio Fernández, Buenos Aires, 2010; 5ta ed. Nueva York Poetry Press, Nueva York, 2019), *El diario inédito del filósofo vienés Ludwig Wittgenstein* (Buenos Aires, 2012; 5ta ed. Nueva York Poetry Press, Nueva York, 2019) y *Carta de las mujeres de este país*, (Nueva York Poetry Press, Nueva York, Ed. Bilingüe, 2019). Mención de Poesía en el Premio

Literario Casa de las Américas 2017, La Habana, Cuba. Como investigador literario escribió los estudios *Párrafos de aire: Primera antología del poema en prosa colombiano* (Editorial de la Universidad de Antioquia, Medellín, 2010) y *La risa del ahorcado: antología poética de Henry Luque Muñoz* (Editorial Universidad Javeriana, Bogotá, 2015).

牧牛地的信

俯躺在牧场高高的草堆里,
最先发现你的是一头母牛悲伤的眼睛。
雾缓慢地沿着山脉降落,
水的晶体在叶子上闪闪发光。
温柔而好奇的动物谦卑走近。
何塞,它在那儿停了下来,观察了你很久,
像清晨的冰一样漂浮。
天上黑鸟的冠冕已经准备好
要落在你宽阔的背上,当其他母牛
围住你,关心缺席的孩子,赶着苍蝇。
在这列的中心,何塞,田野的助产士为你哭泣。
这些动物从四个胃的紧张深处哞哞叫着,
在你面前俯身,舔你的脸。
她们是最早在湿润的黑眼睛深处
点起蜡烛的送葬者。

她们的悲痛引来回应,邻近牧场
传来一声羊叫,山麓上的
马嘶,隔壁镇上的号叫。
这仪式简陋,当风
梳着高高的草堆,钟声为你响起。

Carta donde pasta una vaca

Boca abajo entre los pastos altos del potrero,
los primeros en hallarte fueron los ojos tristes de una vaca.
La neblina bajaba lenta por la cordillera
y los cristales de agua brillaban en las hojas.
El animal con su espíritu manso y curioso
    se acercó con humildad.
Te observó largo tiempo, José,
    allí suspendido en el tiempo,
flotando como un hielo en medio de la mañana.
En el cielo una corona de aves negras se disponía
a posarse sobre tu ancha espalda, cuando otras vacas
vinieron a rodearte, a cuidar del hijo ausente,
    a espantar las moscas.
Centro de este cortejo, José, te lloraron
    las matronas de los campos.
Desde el fondo nervioso de sus cuatro estómagos
los animales mugen, se inclinan ante tu cuerpo,
    te lamen el rostro.
Son ellas las primeras plañideras en encender cirios
en la profundidad de sus ojos húmedos y negros.

A su lamento responden con un balido desde
el potrero vecino, un relincho en las faldas
de la montaña, un aullido en el pueblo siguiente.
Con esta desolada ceremonia, mientras el viento
peina los pastos altos, doblan por ti las campanas.

给杀死我儿子者的信

我所有的夜晚,一个又一个的祷告,
我希望你有最黑的血。
我说石头,说汞,说狼,
说你心中腐烂的树。
我咒骂你母亲的手
她怀着希望孕育了你的身体,
我咒骂爱你并相信那是爱情的女人,
我咒骂助产士,她让你没有变成天使,
变成蜜,变成柔软的嘴。
在远离我语言的地方,我将那座村镇
——那里我看见你从石子路面上跑过——
掷向那个国家,它给予你名字
赋予你折磨我们又让我们遗忘的权利。
被你的仇恨束缚着,我对你报以所有的爱
所有的空虚。
我梦到你的脸在我的指甲下,
我梦到你梦到我沉默地看着你,
我梦到雨裹着羔羊的内脏
打在你的窗户上。
但是当痛苦打碎

我的骨头，生活将你推到我眼前：
我不敢相信，我在你年轻的脸上看到我儿子的脸，
在你迷茫的眼神中，我看到了他最后的目光，在你
凌乱的头发中，我看到了他叫着
高高兴兴地放学回家，饿着肚子，带着狗。
现在，你在浑浊的池塘深处寻找
一枚硬币，现在，你想念草叶中的
另一次重生，现在，你受伤的手
拒绝伤口，告诉我，回答这个没有照片的相框、
这辆废弃的自行车、这只死老虎也即你的国家：
你要我的原谅吗？他从哪里救了你？他破坏了什么，
举起了什么，将什么藏在被遗忘的杨树下？
擦去你手上我儿子的血，
会有用吗？
原谅很痛，它从排泄物里出现，飞过
我们的头顶，散发香气，但还没
洗完我们染血的橙子。
在坚硬的面包和最残酷的酸中：
我原谅你——小孤儿——我原谅你，
让自己摆脱你的束缚，
我原谅你，解开你最伤痛的心病。

请告诉我最后一句话。

告诉我应该在哪块石头下寻找他的名字,
告诉我应该在哪条河底唱出它的旋律,
告诉我在毒草之中
应该挖掘哪颗心脏……

你和我是两只乌鸦,看向彼此,没有慰藉。
你和我是失踪者的花园。
这暴力的爱。

Carta al hombre que asesinó a mi hijo

Todas mis noches, oración tras oración,

te deseé la sangre más negra.

Dije piedra, dije mercurio, dije lobo,

dije árbol podrido en tu corazón.

Maldije las manos de tu madre

que le dio horma a tu cuerpo con esperanza,

Maldije a la mujer que te amó creyendo que era amor,

Maldije a la partera que te salvó de ser ángel,

de ser miel, de ser boca tierna.

Lejos de mi lengua lancé el pueblo de calles

empedradas que te vio correr,

al país que te dio un nombre

y este derecho de triturarnos y hacernos olvido.

Encadenada a tu odio, te profesé todo mi amor,

y te profesé todo mi vacío.

Soñaba con tu rostro bajo mis uñas,

soñaba que me soñabas mirándote en silencio,

soñaba que la lluvia golpeaba a tu ventana

con vísceras de cordero.

Pero cuando la zozobra me quebraba

los huesos, la vida te puso frente a mis ojos:

no podía creerlo, en tu joven rostro vi el rostro de mi hijo,

en tu mirada perdida vi su última mirada, en tu cabello

revuelto vi su grito llegando alegre de la escuela,

con los perros y con el hambre.

Ahora que buscas en el fondo turbio del estanque

una moneda, ahora que añoras entre las hierbas

otro nacimiento, ahora que tus manos heridas

se niegan a herir, dime, contesta a este marco sin fotografía,

a esta bicicleta abandonada, a este tigre muerto que es tu país:

¿Quieres mi perdón? ¿De qué te salva él? ¿Qué destruye,

qué levanta, qué esconde bajo los álamos olvidados?

¿Servirá de algo que limpie la sangre

de mi hijo de tus manos?

El perdón duele, sale del estiércol, vuela por encima

de nuestras cabezas, perfuma, mas no termina

de lavar nuestras naranjas ensangrentadas.

En medio del pan duro y los ácidos más crueles:

te perdono —pequeño huérfano—, te perdono

y me libero de tus alambres,

te perdono y desanudo tus púas más hirientes.

Dime tan solo una última palabra.

Dime bajo qué piedra debo buscar su nombre,
dime en el fondo de qué río debo cantar su melodía,
dime entre las hierbas envenenadas
en qué corazón debo escarbar...

Tú y yo somos dos cuervos que se miran sin consuelo.
Tú y yo somos este jardín de los desaparecidos.
Este amor violento.

这个国家的女人的信

我们在这里,手中抓着泡沫站在
废旧的家具前,听着血的声音。
透过窗户,月光
照亮金属和肥皂泡。
我们已经老了,记得些脆弱的事情。
我们所有人都在那里。
他们让我们活着,为了
让我们能分辨出腐烂的苹果。
也为了在我们的手指缓慢滴落的时候小声说:
"他们没有夺走我们的爱。"
我希望疼痛像脂肪一样
沿着虹吸管消失。但痛苦就在那里
如孩子在我们体内成长。
痛苦告诉我们:"我的女儿们,
看看他们如何变换羽翼。"
汤匙和叉子上闪着光,
但记忆、闪电、我们丈夫的姓氏
仍在手中跳动。
当我们洗汤锅、平底锅、过滤器时,
有一个女人想象着沐浴并抚摸着男人的

胸部、手和脚。
另一些人发动战争，但却是我们
将装着泥土的手推车从一个房间推到另一个。
在我们和水龙头间，在月亮
和我们的死者间歌唱。
我们不会轻易离开。
我们会深入这个谜。
我们在井边卑贱的水罐里寻找
最简单的词语，为了准确地说出
断掉的肋骨，残破的手，
他们睁着的、安静的眼睛。
每天清洗碗碟、杯子和我们的音节，
这任务里有多少痛苦。
战争有着男人的名字，但记忆
有女人颤抖的元音。
没有人比我们更清楚：
"在噩梦中我们都是罪人。"
我们几乎跪倒并相信：
不说话就是在孩子面前死去。
没有人躲在干净的房子里，
没有人永远不说，没有人能停止剥去灵魂的皮。
我们在这里，这个国家的女人，
擦亮着我们的死者。

我们在这里,这个国家的女人,
用泡沫建造着爱。
我们在这里,这个国家的女人
月亮在我们手中。

Carta de las mujeres de este país

Aquí estamos, con la espuma en la mano frente

a los trastos, escuchando el sonido de la sangre.

A través de la ventana, la luz de la luna

ilumina los metales y las pompas de jabón.

Estamos ya viejas y recordamos cosas frágiles.

Todas nosotras estábamos allí.

Nos dejaron vivas para que pudiésemos

decir las manzanas podridas.

También para que susurremos mientras gotean

nuestros dedos: "No nos arrebataron el amor".

Quisiese que el dolor se fuese como se va la grasa

por el sifón. Pero el dolor está ahí

como un hijo creciendo adentro nuestro.

El dolor nos dice: "Hijas mías,

mirad cómo han mudado de alas".

Hay brillo en las cucharas y los tenedores,

pero el recuerdo, el rayo, el apellido de nuestros

 hombres aún sigue latiendo entre las manos.

Mientras lavamos una olla, un sartén, un colador,

hay una que imagina bañar y acariciar el pecho,

las manos, los pies de su hombre.

Son otros los que hacen la guerra, pero somos nosotras

las que cargamos las carretillas de lodo de un cuarto al otro

Entre nosotras y el grifo de agua, la luna

y nuestros difuntos cantando.

No nos marcharemos sin más.

Vamos a lo profundo del misterio.

Buscamos en el humilde jarro de nuestro pozo

las palabras más sencillas para decir con exactitud

la costilla rota, su mano tronchada,

sus ojos abiertos y quietos.

Cuánta pena hay en esta tarea diaria

de lavar los platos, los vasos, nuestras sílabas.

La guerra tiene el nombre de un varón, pero la memoria,

las vocales temblorosas de una mujer.

Nadie mejor que nosotras lo sabemos:

"Todos somos culpables en la pesadilla".

Y no hablar, lo creemos casi doblando las rodillas,

es morir frente a los hijos.

Ninguna se oculte en la casa limpia,

ninguna diga nunca, ninguna deje de desollar el alma.

Aquí estamos las mujeres de este país

sacándole brillo a nuestros muertos.

Aquí estamos las mujeres de este país
edificando con espuma el amor.
Aquí estamos las mujeres de este país
con la luna entre las manos.

露西亚·埃斯特拉达
Lucía Estrada

1980年出生于麦德林。曾出版多部诗集,包括《火鸟》《荆棘之女》《喀耳刻之眼》《镜中夜》《天使日志》《花园的延续》《下沉》等。2005年凭《荆棘之女》获得麦德林诗歌奖;2008年以《天使日志》获得麦德林市政府诗歌创作奖;2009年及2017年分别凭借《镜中夜》和《下沉》获得波哥大市国家诗歌奖。作品被收录于国内外多部诗歌选集与出版物。曾多次受邀参加国内外文学会议。诗作被翻译为英语、法语、日语、瑞典语、葡萄牙语、意大利语和德语。其作品《下沉》的西英双语版本将由奥利维亚·洛特翻译,由美国尤拉莉亚出版社出版。

Nació en Medellín en 1980. Ha publicado varios libros de poesía, entre ellos *Maiastra*, *Las Hijas del Espino*, *El Ojo de Circe* (Antología), *La Noche en el Espejo*, *Cuaderno del Ángel*, *Continuidad del jardín* (Selección personal) y *Katábasis*. Con su libro *Las Hijas del Espino* obtuvo el Premio de Poesía Ciudad de Medellín (2005), y la Beca de Creación en Poesía, otorgada por el Municipio de Medellín en 2008 con *Cuaderno del ángel*. En 2009 y 2017 obtuvo el Premio Nacional de Poesía Ciudad de Bogotá con sus libros *La noche en el espejo* (2010) y *Katábasis* (2018) respectivamente. Textos suyos han aparecido también en varias antologías y publicaciones del país y del exterior. Asimismo sus poemas han sido traducidos al inglés, francés, japonés, sueco, portugués, italiano y alemán. Invitada a diversos encuentros literarios en el país y en el exterior. Próximamente la Editorial Eulalia Books (Estados Unidos) publicará una edición bilingüe de *Katábasis* en traducción de Olivia Lott.

阿里阿德涅[1]的迷宫 I

带上这根阴影的细线,把它缠在你身旁。把它拉紧到极限。检查它的韧性。黑暗的摩擦很快会赢得你记忆的肉、骨与残忍骨髓。

留住那伤口,它让你的耳朵与舌头都变得敏锐。留住它,直到你成为伤口周围的尖刻词语。

从血液的一端到另一端,那里枯萎的月亮喂养它的狗,散出干渴的线。但不要破坏它。不要破坏夜或镜子这个词。不要破坏你所听到的东西或是继续站在冰上的意志,即便冰层吱嘎作响,还有如此多相对的灯在燃烧。

将这纤细的瞬间握在指间;拨动它,像拨动图宾根高塔上唯一的钢琴丝。

这是最后紧握的可能。将它绷紧在你身边。不要失去它。

---

[1] 古希腊神话中克里特岛国王米诺斯的女儿。她借助代达洛斯所给的一个线团,帮助雅典王子忒修斯杀死了迷宫中囚禁的米诺陶洛斯。

Del laberinto de Ariadna I

Toma este delgado hilo de sombra y envuélvelo en torno a ti. Ténsalo hasta el límite. Comprueba su resistencia. El roce oscuro pronto ganará la carne, el hueso, la médula feroz de tu memoria.

Insiste en el corte que aguzará tu oído, tu lengua. Insiste hasta que seas de la herida su cerco de palabras afiladas.

De un extremo a otro de la sangre, allí donde la luna marchita alimenta a sus perros, extiende su línea sedienta. Pero no lo rompas. No rompas la noche ni la palabra espejo. No rompas lo que has escuchado ni la voluntad de seguir en pie sobre el hielo que cruje, bajo el ardor de tantas lámparas contradictorias.

Toma entre los dedos este delgado instante; púlsalo como a la sola cuerda del piano en la torre de Tübingen.

Esta es la última posibilidad de aferrarte. Ténsalo en torno a ti. No lo pierdas.

阿里阿德涅的迷宫 II

然而,绳子缠绕你的阴影。这形象黑暗又浓密,仿佛是你那时在世上唯一拥有的一处油污,在某个地方等待断裂的时刻,纤维的撕裂,我们仅做了很少或根本没做的一切,为了不放弃而将真理之杯草草清洗。现在是重新攀登的恰当时机,将身体紧贴张力,这让我们在上升时不会跌落。而一旦到达,它就会像糖晶一样碎裂,悄无声息,无人注意。

我们如此确信。坚定而谨慎,不四处张望,不引起反对。沉默,无言。没有语言。没有完整的真相。预想着。只能预想生活与死亡会对我们、对时间、对事物的黑色光环做什么。

快速燃烧的火炬,向误解敞开的圆圈,无人理解的迹象……

但我们仍完好无损,感到满足。越稳定不动,迷失的风险就越小。更少词语和更多空气,为了野兔的跳跃,为了吊杆演员强劲的腕力,为了那个从不关上卧室门也从未望向窗外的男人……平台,以及紧握绳索攀登的手,即便半个真相之上什么都没有,或是野兔正要沉入他人的叫喊,正要窒息,啃咬绳子,正要放开你的手,不再关心任何事,正要逃走,正被至今还不明白,却又如此准确和残酷的东西拖走……

Del laberinto de Ariadna II

Y sin embargo, la cuerda que envolvió tu sombra, esa imagen oscura y densa como mancha de aceite que para entonces tenías del mundo, permanece en algún lugar esperando el punto de quiebre, el desgarramiento de las fibras, lo poco o nada que hemos hecho y que apura su vaso de verdades a medias para no desistir. Este es el momento preciso para subir por ella otra vez, apretando nuestro cuerpo a la tensión que no deja de caer mientras asciende, y que una vez arriba se rompe delicada como cristal de azúcar, sin ruido, sin que nadie lo advierta.

En tanto estamos seguros. Firmes y discretos, sin mirar hacia ningún lado, sin predisponer a nadie en nuestra contra. Mudos, sin palabras. Sin lengua. Sin verdades enteras. Presintiendo. Sólo presintiendo lo que la vida y la muerte han hecho de nosotros, del tiempo, del halo negro de las cosas.

Una antorcha que se consume con rapidez, un círculo abierto al equívoco, una señal que nadie entiende...

Pero seguimos intactos y estamos satisfechos. Cuanto más inmóviles, menos riesgo de extraviarnos. Menos palabras y más aire para los saltos de liebre, para el pulso hábil del trapecista, para el hombre que nunca cerró la puerta de su dormitorio ni ha mirado a través de una ventana... Terrazas, y la mano que sujeta segura la cuerda para subir aunque no haya más arriba que su media verdad, o su liebre a punto de hundirse en el grito de otros, a punto de ahogarse, de roer la cuerda, a punto de soltar tu mano, de no importarle nada, a punto de huir, de dejarse arrastrar por lo que hasta entonces no entendías, pero es tan certero y cruel...

阿里阿德涅的迷宫 III

绳子总是在最脆弱的地方断裂。足够的张力，逐渐磨损自己。张力来自最细小的纤维，那里所有阴影在舞蹈、叫喊、撞击，我们接受的阴影和撞上这些阴影的阴影。

试图理解为什么每个词语、每次想达到完美的尝试都会适得其反，不过徒劳。想保护这个碎片，它既是你也是我，不过徒劳。等待新的什么也不过徒劳。你、我、我们。

如果其他绳子断裂，那与我们无关。每个人都会以自己的方式重新聚合。但是每个人，像我们一样，都会在自己的心刃上知道这一点，这心刃，自己的——笨拙的——坚韧的……

Del laberinto de Ariadna III

La cuerda se rompe siempre por su parte más débil. Tensión que se basta a sí misma, y a sí misma se desgasta. Tensión que viene desde la más pequeña fibra, allí donde bailan, gritan y golpean todas las sombras, las que aceptamos, aquellas con las que tropezamos.

Inútil tratar de comprender cómo a cada palabra, a cada intento de perfección se debilita aún más. Inútil proteger ese fragmento que también eres, que también soy. Inútil esperar algo nuevo. De ti, de mí, de nosotros.

Si otras cuerdas se rompen, no es asunto nuestro. Cada quien volverá a unirlas a su manera. Pero cada quien, como nosotros, la sabrá al filo de su propio corazón, de su propia —y torpe —insistencia...

萨洛蒙·费尔赫斯特·蒙特内格罗
Salomón Verhelst Montenegro

卡洛斯·马努埃尔·费尔赫斯特·贝罗卡尔和贝亚特里斯·艾莲娜·蒙特内格罗之子,胡安·卡洛斯、马尔塞拉·玛利亚和朱迪斯·阿莱桑德拉的兄弟,凯莉·罗梅罗·阿科斯塔的丈夫,莎拉和埃丝特的父亲。1981年10月12日出生于卡塔赫纳。哈维里亚那天主教大学哲学专业;曾参加圣布埃纳文图拉大学与帕维亚大学的国际发展与合作方向研究生项目;在哥伦比亚国立大学取得哲学硕士学位。已出版诗集《阿普苏门前》《蜻蜓之歌》《圣经变奏曲及其他》和散文集《超文本》。

Hijo de Carlos Manuel Verhelst Berrocal y Beatriz Helena Montenegro, hermano de Juan Carlos, Marcela María y Judith Alexandra. Esposo de Kelly Romero Acosta y padre de Sarah y Esther. Nació en Cartagena de Indias, el 12 de octubre de 1981. Estudió Filosofía en la Pontificia Universidad Javeriana; se especializó en Cooperación Internacional para el Desarrollo en la Universidad de San Buenaventura-Universidad de Pavía; Máster en Filosofía de la Universidad Nacional. Ha publicado tres libros de poesía: *A las puertas del Apsu* (editado por Laura Vásquez, con ilustraciones de Jean Paul Moulin y textos de Ernesto Zarza y David Herrera Serna), *El canto de la libélula* (editado por Laura Vásquez,

Prólogo de David Herrera Serna y diseño de Mauricio Bayuelo), y *Variaciones Bíblicas y otros poemas* (editado por Editorial CECAR, con prólogo de Otto Ricardo Torres). Y un libro en prosa: *Hipertextos* (editado por Editorial CECAR, con prólogo del escritor chileno Sergio Macías Brevis).

一

清晨的夜露
追逐着花园的
思绪

一同

在昏暗的灯光下

忘记了即将来临的
太阳的存在。

I

El relente de la madrugada

Corteja los pensamientos

Del jardín

Juntos

Bajo una luz tenue

Olvidan la inminente

Presencia del sol.

幻觉的赞美诗

"我是万古长夜里从梦中醒来的声音"
——希坡律陀(《驳诸般异端》5.14: 1)[1]

让我忘记我的天性
  一千个名字我的名字
如果就在昨天我还是陶工
是你活黏土的塑形者
   两耳细颈小底瓶

我陷入物质
在遗忘和睡眠的灵丹妙药中
欢愉将我带到埃及
没有魔力可以唤醒我
我被囚禁，我爱上
  链条

---

[1] 希坡律陀（Hippolytus，约170年–236年），古罗马最后一个以希腊文写作的教会学者。所引句原文为"Ἐγὼ φωνή εξυπνισμοῦ ἐν τῶ αἰῶνι τῆς νυχτός"。

我为抽象升起祭坛

这么小小一截于我已经足够

我接受它的打扰和沉重的负担

珍珠仍被保护

由蛇

  蛇

嘶嘶的蛇

  在我踝上缠绕了七圈

  在我的耳边又绕了一圈

它的毒汁流出，混入我的淋巴液

救赎者在哪儿

看守在哪儿

我选择一种阴险声音的疯狂，它告诉我

但凡你还可以

  反抗，激情就算不上猛烈

我不愿醒来

不要敲我的门

  为什么

我蜷曲的手中

盛得下一些空气

我不带希望地将之接受

我没有感到难过地得到喜爱
如果我记得我的名字
如果我醒来
我会忘记这短暂的时刻
这强大的、已经自由的
嗜睡
永恒将把我压垮。

Himno a la ilusión

"Soy la voz que despierta del sueño en el eón de la noche"
—Hipólito (Refut., V, 14, 1)

Hazme olvidar mi naturaleza
Mil nombres mi nombre
Si solo ayer fui un alfarero
Modelador de tu barro vivo
    Un ánfora

Me he atascado en la materia
En su elixir de olvido y de sueño
Los deleites me atan a Egipto
No habrá encantamiento que me despierte
Estoy preso y amo
    Las cadenas

He levantado un altar a la Abstracción
Este pequeño trecho me es suficiente
Lo acepto con su carga de molestia y pesadez
La perla sigue protegida

Por la serpiente
   La serpiente
      La serpiente del silbido sonoro
           Se ha enroscado siete veces en mi tobillo
           Otras más en mi oído
Fluye su veneno y se mezcla con mi linfa

Dónde está el redentor
Dónde la vigilia
Elegí la locura de una voz siniestra que me dice
No es intensa la pasión si puedes
                    Oponértele
No consiento en despertar
No llamen a mi puerta
      Para qué

En el cuenco de mi mano
Cabe una medida de aire
La tomo sin esperanza
La gusto sin aflicción
Si recuerdo mi nombre
Si despierto
Habré olvidado este breve instante

Este poderoso letargo

Y ya libre

La eternidad me agobiaría.

三

云祝福地面
潮湿的气味渗入万物
      大地呼吸
     自然愉悦
在深处
        闲置的种子等待它的时刻。

III

Las nubes han bendecido el suelo

Un olor húmedo impregna las cosas

        La tierra emana su aliento

        La naturaleza se regocija

En lo profundo

        Una semilla ociosa espera su momento.

比维安娜·贝尔纳
Bibiana Bernal

1985年出生于哥伦比亚卡拉卡。诗人、小说家、独立编辑和文化活动家。昆迪奥政府机构文学与公共图书馆协调员,蓬达里卡基金会和2006年成立的黑色笔记本出版社负责人。已出版两部诗集、多部小说集和微小说文集。作品被收录于国内外多本诗选和微小说杂志。2003年获康菲纳尔科诗歌奖,2016年获昆迪奥政府诗歌奖,2017年以《石鸟》入围国家诗歌奖终选。作品被翻译为希腊语、英语、葡萄牙语、法语、意大利语和罗马尼亚语。

Nació en Calarcá, Colombia, en 1985. Poeta, narradora, editora independiente y gestora cultural. Coordinadora de literatura y de la Red de bibliotecas públicas de la gobernación del Quindío. Directora de la Fundación Pundarika y la editorial Cuadernos Negros, fundada hace 14 años. Ha sido incluida en antologías de poesía y minificción y revistas nacionales e internacionales. Autora de dos libros de poesía y de varias antologías de cuento y minificción. Premio de Poesía Comfenalco 2003, Gobernación del Quindío 2016 y finalista del Premio Nacional de Poesía 2017, con su libro *Pájaro de piedra.* Parte de su poesía ha sido traducida al griego, inglés, portugués, francés, italiano y rumano.

冬

外面下雨。

在窗户的这一侧
冬天在玻璃上呼气,
模糊了被监禁的时间

外面是水。

满载疑问
没有回应地落在沥青上
眼睛参与了回忆的解冻。

外面是河

它伪装成街道
　　　　　带走一日
　　　　　　　带走日子
　　　　　　　　　带走生命

Invernal

Afuera la lluvia.

De este lado de la ventana,
el invierno respira sobre el cristal,
opaca el tiempo en cautiverio.

Afuera el agua.

Cae sin respuestas sobre el asfalto,
inunda de preguntas
los ojos que asisten al deshielo de la memoria.

Afuera el río,

se disfraza de calle,
                se lleva el día
                              los días
                                          la vida.

石鸟

是石头但觉得自己是鸟
因为风吹散手中的尘土。

在反光中把自己看成鸟,
虽然静止在沥青上,
被下午五点的阳光烧灼。

知道如何筑巢
在日子的拐角,它奄奄一息
无力啃食空气。

由血肉组成,却相信自己有叶子或羽毛
在一天的尽头落下。

是这一个,却相信自己是另一个、另一个、另一个,
直到夜幕降临身上
回到原点
那里黏土还没有容貌
翅膀也不那么沉重

Pájaro de piedra

Ser de piedra y creerse pájaro
porque el viento propaga el polvo de las manos.

Verse ave en el reflejo,
aunque inmóvil sobre el asfalto,
abrasado por la luz de las cinco de la tarde.

Saberse nido
en un recodo del día que agoniza,
sin poder roer el aire.

Ser de carne y creerse hoja o pluma
y al final de la jornada ser quien cae.

Ser uno y creerse otro y otro y otro,
hasta anochecer sobre sí mismo
y volver al origen,
donde la arcilla no tenía rostro
y las alas no pesaban tanto.

沉默

不去写
或拍摄鸟儿。
只参与飞行。
放弃用言语或形象
使它们永存。
它在穿越目光的瞬间
成为永恒。
沉默,以双手和眼睛。
沉默,不是为了
仿造它飞越时的沉默
而是为了成为沉默。

Silencio

Ni escribir sobre los pájaros
ni fotografiarlos.
Solo asistir a su vuelo.
Abandonar la intención
de eternizarlos en la palabra y la imagen.
Perpetuarse en la fugacidad
de su travesía por la mirada.
Callar, con las manos y con los ojos.
Callar, no para fingir el silencio
que dejan a su paso
sino para serlo.

玛丽亚·戈麦斯·拉腊
María Gómez Lara

1989年出生于波哥大。已出版诗集《地平线之后》(2012)、《反语调》(2011) 和《词语之地》(2020) 等。曾凭借诗集《反语调》获得第17届罗意威基金会国际诗歌青年创作奖,并以《阴影的节点》为题出版其葡萄牙语译本。作品被收录于多本哥伦比亚或拉丁美洲诗选。另有诗作被译为意大利语、英语和阿拉伯语。

Nació en Bogotá en 1989. Ha publicado los poemarios *Después del horizonte* (2012), *Contratono* (Visor, 2015) —libro con el que mereció el XXVII Premio Internacional de Poesía Fundación Loewe a la Creación Joven y que fue traducido al portugués bajo el título *Nó de sombras* (2015)— y *El lugar de las palabras* (Pre-Textos, 2020). Algunos de sus poemas también han sido traducidos al italiano, al inglés y al árabe. Ha sido incluida en numerosas antologías de poesía colombiana y latinoamericana.

艾米莉·狄金森

我和艾米莉·狄金森同一天生日
差了将近两个世纪
情况和那时相比
已经稍有改变

我没有
她面对疼痛的坚强
或聆听启示的敏锐听觉

我住在
鸟儿无法到达的高楼里
只有
不会歌唱的汽笛

这是一座大城市
我们都是无名之辈
但还没学会
如何保守秘密:

走路时,我们

浇灌街角的虚无

我深色皮肤
出生在热带国家
来到这喧闹里寻找她
她的声音如此遥远
在草坪上攀缘生长

我在石砖间沉默地想象她
看她手稿上紧密的文字

像黑色墨水的树枝
弯曲在
任意的包装纸上
购物清单上
再次组合起来
创造世界

我像她一样12月10日生
但是

却没有这种沉静

感谢重复她诗句的
咒语
让我在红绿灯变灯时

仍然

在漂浮

Emily Dickinson

Nací el mismo día que Emily Dickinson
casi dos siglos después
y las cosas han cambiado un poco
desde entonces

no tuve
su entereza ante el dolor
ni su oído sutil para las revelaciones

vivo en un edificio alto
donde no llegan los pájaros
sólo un ruido de sirenas
que no canta

es una ciudad inmensa
aquí todos somos Nadie
pero no hemos aprendido
a guardar el secreto:

al caminar regamos

nuestra nada en las esquinas

Nací con la piel oscura
en un país del trópico
y vine a buscarla a este estruendo
tan lejano de su voz
que se enredaba en las praderas

la imagino callando en los ladrillos
veo sus manuscritos de letras apretadas

como ramas de tinta negra
que se quiebran
en cualquier envoltura
en la lista de mercado
y se enlazan otra vez
para inventar el mundo

Nací un diez de diciembre como ella
y no traje ese silencio

sin embargo

gracias al conjuro

de repetir sus versos

mientras cambian los semáforos

estoy a flote

todavía

记住你如火的样子

因此一种巨大的力量席卷你推动你倾覆你
你不明白怎样、为何、何时、何地
临至悬崖

然后你明白了：

你一点点学习扎根的细节
以免被拽离土地

你教骨头长成树枝
让自己成为木头

你的皮肤愈合了无数疤痕
拉伸延展弯曲但

不会再次折断
贴合你的表皮

不会退化
不需要后退不会叫喊

最好

保持安静
立刻回忆

几乎是从远处
几乎像看着另一个人
不过你

最后平安无恙

虽然还拖曳着
灰烬里的火

Recuerdas cómo eras cuando te parecías al fuego

entonces te llevaba te empujaba te tumbaba
una fuerza enorme que no entendías cómo ni por qué ni
hasta cuándo ni dónde desembocaba el precipicio

luego aprendiste:

poco a poco estudiaste las minucias de cómo echar raíces
para que no te jalaran de la tierra

le enseñaste a tus huesos a convertirse en ramas
te hiciste sentir madera

y que la piel remendada de tantas cicatrices
se estirara se ensanchara se doblara pero no

nunca quebrarte otra vez
aferrarte a tu corteza

no desdecirte no tener
que desandar tus pasos no gritar

mejor

quedarte quieta
y recordar ahora

casi desde lejos
casi mirando a otra
y sin embargo tú

que estás a salvo al fin

aunque arrastres aún
el fuego en las cenizas

词语皮肤

词语数字词语时间
词语皮肤
——罗莎·奥斯兰德[1]

如果我可以选择另一种皮肤

它会像我的皮肤一样黑
但由词语组成

如果我能说出词语——皮肤

然后拥有一个身体
像我的一样

但是

在皴裂时

---

[1] 罗莎·奥斯兰德(Rose Ausländer, 1901-1988),犹太女诗人,20世纪德国流亡文学的代表人物之一。

文采动人

如果我有一具身体能说出
例如"我在这里没有离开",例如"我活着"

一具能给出原因和理由的身体
而不是这眩晕疲劳骨头断得碎成渣的身体

那我会多么明白:

如果我拥有词语
而非伤痕

Palabras piel

palabras número palabras tiempo
palabras piel
—Rose Ausländer

si pudiera escoger otra piel

sería oscura como la mía
y estaría hecha de palabras

si pudiera decir *palabras-piel*

y así tener un cuerpo
como el mío

pero

elocuente
al quebrarse

si tuviera un cuerpo que dijera

por ejemplo *aquí estoy no me he ido* por ejemplo *sobrevivo*

un cuerpo que diera razones y porqués
y no este aturdimiento este cansancio estos huesos casi
polvo de tantas veces rotos

cuánto entendería entonces:

si tuviera palabras
en vez de cicatrices

圣地亚哥·埃拉索
Santiago Erazo

1993年出生于波哥大。文学团体"反海报"第二代成员。毕业于中央大学文学创作专业。以作品《天空的一道伤痕》(2019)获第七届全国未出版诗集奖,同年获哥伦比亚走读大学诗歌奖。诗歌和文章被收录于多本哥伦比亚出版物,如《另一个帕拉莫》《颠倒的根》等。

Nació en Bogotá en 1993. Profesional en Creación Literaria de la Universidad Central. Con su libro *Una llaga en el cielo* (2019) fue uno de los tres galardonados en el VII Premio Nacional de Poesía Obra Inédita. En 2019 fue ganador del Premio Nacional de Poesía de la Universidad Externado de Colombia. Poemas y ensayos suyos han aparecido en publicaciones colombianas como *Otro Páramo* o *La Raíz Invertida*. Miembro del grupo literario Contracartel Segunda Generación.

每个人都该为失明的日子演练

每个人都应该演练
为了失明的某天。

醒来后
再闭眼五分钟。

在公园里
用掉落的树枝当拐杖。

用手指阅读
手臂上疤痕的盲文
和熔化的烛泪。

拍打物体。听椅子、
灯杆和窗户的歌声。

每十五天,选一个晚上
卸下房间里的白色灯泡
因为失明会先于死亡到来,

而卡戎[1]不接受以恐惧

作为酬金

向另一岸摆渡

---

[1] 希腊神话中冥河的船夫，负责摆渡死者。

Todos deberíamos ensayar para el día en que seamos ciegos

Todos deberíamos ensayar
para el día en que seamos ciegos.

Cerrar los ojos otros cinco minutos más
después de despertarnos.

Probar como bastones las ramas caídas
en los parques.

Leer con los dedos
el braille de las cicatrices en los brazos
y la esperma de las velas derretidas.

Golpear objetos. Oír el canto de las sillas,
los postes de luz y las ventanas.

Quitar por una noche, cada quince días,
la bombilla blanca de nuestro cuarto
pues antes de la muerte vendrá la ceguera,

y Caronte no aceptará nuestro miedo

como pago antes de conducir la barca

hacia la otra orilla.

c

现在
此刻
一个男人在房中浑浊的空气中
秘密地给爱人写信
这封电报以血肉为笔。

城市的另一处
有人哗哗流泪
却不是用眼睛
一个女人顺从地等待
黑暗舔完她裸露的乳头

我在寂静中沉思着吹起口哨
以身体作为锻剑的铁

他
和他
和他
和她
和他

和她

和我

尼龙绳

过度紧绷

就要断裂

现在同一时间

震颤并弹出和弦

像被死鸟反刍

c

ahora

en este instante

un hombre le escribe clandestinamente a su amada

sobre el aire viciado de su cuarto

un telegrama con un lápiz hecho de carne

en otro lugar de la ciudad

alguien llora a borbotones

sin usar sus ojos

y una mujer espera resignada a que la oscuridad

termine de lamer sus pezones descubiertos

yo silbo pensativo en total silencio

y uso mi cuerpo como hierro para forjar espadas

él

y él

y él

y ella

y él

y ella

y yo

cuerdas de nylon

extremadamente tensionadas

a punto de romperse

que ahora al mismo tiempo

vibran y producen un acorde

como regurgitado por un pájaro muerto

十三

分析
一会儿
鸟的叫声如何

忘记一会儿
它对别人而言有多美丽

如果你留心
你不会听到雪花石膏的歌
或室内乐的金色旋律

听它们埋在血肉间的
铃铛的颤动

听它们歌中爆发的不和谐音
像恶性肿瘤
凝滞在风中

你不觉得它们的节奏
像有人在求助?

它们向内歌唱甚于向外?

你们没看到我
在这声音中受着苦却满怀期待?

你不认为一个简单的颤音
会引起天空的剖腹产吗?

XIII

analiza

por un momento

cómo es el sonido de los pájaros

olvida por un momento

lo bellos que resultan para otros

si te fijas

no encontrarás canciones de alabastro

ni las ráfagas doradas de la música de cámara

escucha su gorjeo de alambre

enterrado entre la carne

escucha las disonancias que brotan de su canto

como tumores cancerígenos

anquilosados en el viento

¿no crees que la frecuencia de sus ritmos

es la de alguien pidiendo auxilio?

¿que ellos cantan mucho más adentro que hacia afuera?

¿no me ves torturada
y expectante en ese ruido?

¿no dirías que un solo trino produce
toda una cesárea en el firmamento?

图书在版编目（CIP）数据

鹰的语言：哥伦比亚当代诗歌选集/（哥伦）恩里克·波萨达·卡诺，（哥伦）克里斯蒂娜·玛雅编选；龚若晴译. — 成都：四川文艺出版社，2021.9
ISBN 978-7-5411-6074-5

Ⅰ.①鹰… Ⅱ.①恩… ②克… ③龚… Ⅲ.①诗集 - 哥伦比亚 - 现代 Ⅳ.①I775.25

中国版本图书馆CIP数据核字（2021）第155765号
著作权合同登记号　图进字：21-2021-299

YING DE YUYAN：GELUNBIYA DANGDAI SHIGE XUANJI
鹰的语言：哥伦比亚当代诗歌选集
【哥伦比亚】恩里克·波萨达·卡诺　克里斯蒂娜·玛雅　编选
龚若晴　译

出 品 人	张庆宁
责任编辑	程　川　周　轶
特约监制	里　所
特约编辑	修宏烨
封面设计	周伟伟
版式制作	书情文化
责任校对	汪　平
出版发行	四川文艺出版社（成都市槐树街2号）
网　　址	www.scwys.com
电　　话	010-82068999（发行部）　028-86259303（编辑部）
传　　真	028-86259306
印　　刷	河北鹏润印刷有限公司
成品尺寸	130mm×198mm　　开　本　32开
印　　张	13.5　　字　数　260千
版　　次	2021年9月第一版　　印　次　2021年9月第一次印刷
书　　号	ISBN 978-7-5411-6074-5
定　　价	52.00元

版权所有·侵权必究。如有质量问题，请与本公司图书销售中心联系调换。010-82069336

磨铁诗歌译丛 | 当代诗人系列

已出版

001 《爱情之谜》
　　金·阿多尼兹奥（美国）著　梁余晶 译

002 《这才是布考斯基：布考斯基诗歌精选集》
　　查尔斯·布考斯基（美国）著　伊沙、老G 译

003 《最终我们赢得了雪》
　　维马丁（奥地利）著　伊沙、老G 译

004 《关于写作》
　　查尔斯·布考斯基（美国）著　里所 译

005 《宇宙宝丽来相机：谷川俊太郎自选诗集》
　　谷川俊太郎（日本）著　宝音贺希格 译

006 《鹰的语言：哥伦比亚当代诗歌选集》
　　恩里克·波萨达·卡诺、克里斯蒂娜·玛雅（哥伦比亚）编选
　　龚若晴 译

磨 铁 读 诗 会